저주받은 사람 중에
가장 축복받은

저주받은 사람 중에 가장 축복받은

초판 1쇄 발행 2025년 11월 5일
초판 3쇄 발행 2025년 12월 15일

지은이 박지영
펴낸이 유강문
문학팀 박지호 최해경 박선우
마케팅 김한성 조재성 박신영 김애린 오민정 우지윤

펴낸곳 (주)한겨레엔 www.hanien.co.kr
등록 2006년 1월 4일 제313-2006-00003호
주소 서울시 마포구 창전로 70 (신수동) 화수목빌딩 5층
전화 02-6383-1602~3 **팩스** 02-6383-1610
대표메일 munhak@hanien.co.kr

ISBN 979-11-7213-333-7 03810

• 책값은 뒤표지에 있습니다.
• 파본은 구입하신 서점에서 바꾸어 드립니다.

• 이 작품은 경기도, 경기문화재단이 지원하는 2025 경기예술지원 〈경기문학 출간지원〉 선정작입니다.

저주받은 사람 중에
가장 축복받은

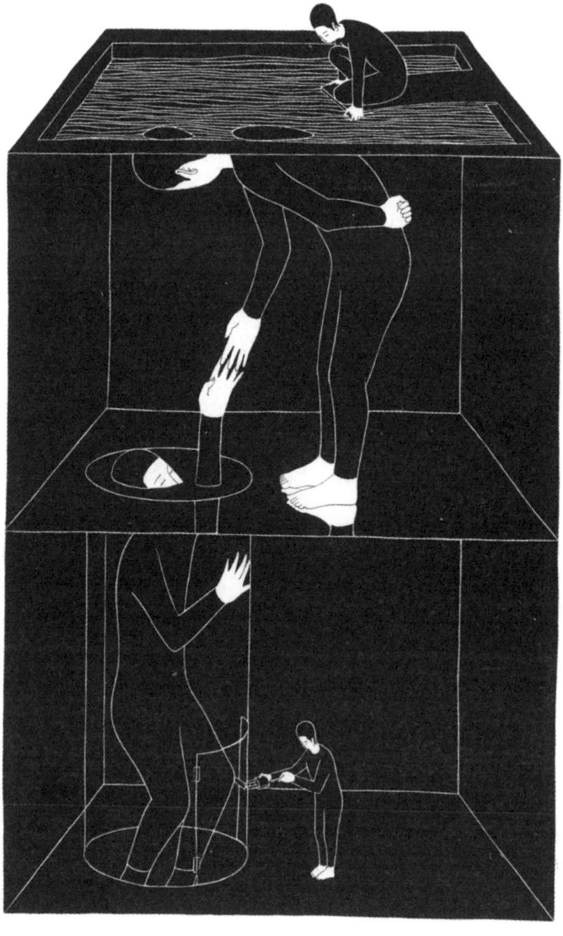

박지영 장편소설

차례

프롤로그

접힌 페이지: ‘벙커 1983’

"저주받았어요?"

열두 살쯤 되었을까. 처음 보는 아이였다. 우식은 혹시 아이가 다른 사람에게 말을 건 건가 싶어 주위를 둘러보았으나 아무도 없었다. 소란스레 골목을 지나던 초등학생 무리는 이미 상가 앞 도로에 서 있던 학원 차를 타고 떠난 모양이었다. 무리에서 혼자 벗어난 아이는 악의라곤 없는 천진한 표정으로 우식을 빤히 올려다보며 대답을 기다렸다. 잘못 들었나 싶어 우식은 아이 쪽으로 귀를 기울이고는 되물었다.

"뭐라고?"

"저.주.받았냐고요."

아이가 고함을 지르듯 빽빽거리는 음성으로 좀 전의 말을 되풀이하며 우식의 이마를 가리켰다.

"여기, 머리가 빠지고 있잖아요."

아아. 그제야 우식은 아이가 무슨 말을 하는지 알아챘다. 아이는 탈모가 눈에 띄게 진행된 자신의 M자형 머리를 신기해하고 있었다. 아무리 그래도 저주라니.

"머리카락 빠진 거 말이니?"

"《해리 포터》에 나오잖아요. 《저주 내리기와 저주 풀기》라는 책을 보면요, 머리카락을 빠지게 하는 저주 마법이 있대요. 아저씨는 누가 저주해서 머리가 빠진 거예요?"

글쎄, 탈모는 유전적인 요인이 강하니까 누군가가 저주를 내렸다면 아버지나 할아버지가 아닐까? 자신이 아이를 낳으면 그 아이나, 한 대를 더 지나 손자에게, 어쩌면 얼굴도 보지 못할 그 손자에게까지 축복받은 유전자 대신 탈모의 저주만 남기고 사라지게 될지도 모른다고 생각하니 우식은 대를 잇는다는 게 새삼 끔찍한 농담처럼 느껴졌다. 어쨌거나 아이의 말대로라면 자신도 마법을 부리는 기술 하나쯤은 가진 거였다. 그 마법이라는 게 탈모, 그것도 세상에서 가장 좋은 것만 모아 물려줘도 시원찮을, 그래도 사는 게 혹독할 자신의 혈육에게만 걸 수 있는 한심한 저주 마법이었지만 말이다.

내가 마법사라니. 그런데 부릴 수 있는 단 하나의 마법이 고작 내 자식에게만 걸 수 있는 탈모라니. 응? 응? 우식은 누군가에게 자꾸 되묻고 싶어져 코를 킁킁거리며 웃었다. 갑자기 웃음을 터뜨리는 우식을 보고 아이가 불안한 듯 눈동자를 굴렸다. 매끄러운 머리카락이 아이의 눈썹 바로 위에서 동그랗게 잘려 얼굴을 헬멧처럼 감싸고 있었다. 우식도 어렸을 때는 저런 머리 모양을 하곤 했다. 그러나 제아무리 단단한 헬멧이어도 현실의 저주는 더 강력해서 언제든 어떤 일에든 송송 구멍이 뚫리기 마련이었다. 저 헬멧도 머지않아 뚫리게 될지도 모른다. 아이 역시 자신의 의지나 선악과 상관없이 우연한 저주로부터 언제까지나 안전할 순 없음을 깨닫게 될 것이다. 아이의 아버지는 아이가 서른이 넘고 마흔이 넘어서야 이해할 끔찍한 농담을 아이에게 이미 건넸을 수도 있었다. 아이는 아직 모르지만.

"그거 아니? 저주받은 사람은 다른 사람을 저주할 수 있는 능력을 갖게 된단다. 너도 조심하렴. 내가 저주하면 네 부드러운 머리통에 보기 싫은 땜빵이 생길지도 모르니까."

우식이 아이의 동그란 머리통을 쓰다듬으며 부드럽게 말하자 아이는 금방이라도 울 것처럼 입술을 삐죽거리며 중얼거렸다.

"엄마한테 이를 거예요."

"뭘?"

"날 저주했잖아요."

"저주라니. 내가 진짜 저주를 내리면 무슨 일이 생기는 줄 아니?"

"무슨 일이 생기는데요?"

"아무 일도."

"네?"

"아무 일도 일어나지 않게 돼. 영영."

"그게 뭐예요?"

"그런 게 진짜 저주란다."

아이는 뭐라고 대꾸를 하려다 말고 골목을 지나는 또래 친구 두 명을 보고는 그쪽으로 재빨리 달려갔다. 무리에 합류한 아이가 그제야 안심한 듯 몸을 돌려 우식에게 가운뎃손가락을 올려 보였다. 나보고 엿 먹으라는 거냐? 기분이 상해야 하는데 왠지 유쾌해져 클클 웃으며 우식도 슬쩍 가운뎃손가락을 들어 답례했다.

담배를 끄고 상가 건물로 들어서며 우식은 유리문에 비친 휑한 머리를 새삼스레 살펴보았다. 탈모에 좋다는 약도 먹고 발모제도 꾸준히 발랐으나 뚜렷한 효과는 나타나지 않았다. 탈모의 저주 따위. 수없이 많은 저주 중에 그나

마 탈모의 저주에 걸렸다면 축복받은 인간에 속하는 거 아닌가. 말하자면 자신은 저주받은 사람 중에 가장 축복받은 사람이었다. 소소한 저주를 받음으로써 어쩌면 커다란 저주를 피하게 된 건지도 몰랐다. 우식은 이렇게 탈모나 걱정하면서 근근이 살아가고 싶었다. 남은 생에 더 바라는 것도, 기대하는 것도 없었다. 그저 이대로 '간신히'와 '겨우'라는 단어에 비비적대며 '근근함'을 벗 삼아 죽을 때까지 질척대며 살고 싶었다.

마태공 선배와 같이 시작한 디지털 세탁소가 어느 정도 자리를 잡아 적자 없이 운영되고, 도시가스와 전기 요금을 제때 내고, 6개월에 한 번 치과에 가서 스케일링 받는 게 부담 없을 정도로만 벌이가 유지된다면, 특별히 하고 싶은 것도 되고 싶은 것도 갖고 싶은 것도 없었다. 하나 그 근근함이 실은 부단한 악착같음에 의해서만 유지되는 최선의 삶이라는 것도 우식은 알고 있었다.

저주받은 사람 중에 가장 축복받은. 계단을 내려가 지하에 위치한 '벙커 1983'의 문을 열며 우식은 소리 내어 말해보았다. 그러나 우식의 목소리는 문을 열자 울리는 사이렌 소리에 묻혀 자신의 귀에도 닿지 못했다.

*

"여기는 민방위 본부입니다. 공습 경계경보를 발령합니다. 지금 북한기들이 인천을 폭격하고 있습니다. 서울, 경기 지역에 적기의 공습이 예상됩니다. 국민 여러분, 이것은 실제 상황입니다."

방 탈출 카페 '벙커 1983'의 입구에 설치된 낡은 라디오에서 아나운서의 다급한 중계가 흘러나왔다. 방문 전 확인한 이용자 리뷰에 따르면 1983년 2월 25일 오전 10시 58분, 북한군 조종사 이웅평 대위가 미그19기를 몰고 귀순할 당시 실제로 라디오에서 전파된 목소리라고 했다. 사이렌 소리는 3분간 계속되었다. 그 소리는 여전히 우식을 안절부절못하게 만들었다. 오래전 당했던 구타의 기억이 사이렌 소리와 함께 떠올랐다. 누구도 발견하지 못하도록 당장이라도 기다란 팔과 다리를 착착 접어 납작해진 몸으로 벽이나 바닥의 틈새에 숨어버리고 싶었다. 커다란 프레스에 눌려 한껏 구겨지고 싶은 기분이 들기도 했다. 그러나 구길 수 있는 건 얼굴뿐이어서 우식은 기껏 표정이나 찌푸린 채 신경질적인 사이렌 소리가 상흔 없이 몸을 통과하기만을 기다렸다. 마침내 사이렌 소리가 멎자 로비 한가운데에 고물처럼 쌓인 크고 작은 열한 대의 낡은 텔레비전이 켜지며 발육 상태가 조금씩 다른 소년 열한 명이 나타났다. 일곱 살부터 열일곱 살이 될 때까지 실제로 전쟁이 일어났다고 믿으며 안전 가옥에 대피해 있던 시절에 촬영된 어린 조기준, 이 방 탈출 카페의 마스터인 기준일 터였다.

"나는 자랑스러운 태극기 앞에 조국과 민족의 무궁한 영광을 위하여 몸과 마음을 바쳐 충성을 다할 것을 굳게 다짐합니다."

사이렌 소리에 맞춰 일제히 국기에 대한 경례를 하며 맹세문을 외우는 소년들의 모습은 코미디 영화의 우스꽝스럽게 과장된 한 장면 같았다.

"우리는 민족 중흥의 역사적 사명을 띠고 이 땅에 태어났다. 조상의 빛난 얼을 오늘에 되살려, 안으로 자주독립의 자세를 확립하고, 밖으로 인류 공영에 이바지할 때다."

어린 기준이 모니터 속에서 국민교육헌장을 외우기 시작했다. 우식은 큰 소리로 웃고 싶은 것을 꾹 참았다. 그래. 우식에게도 그런 때가 있었다. 우식은 어린 시절 지구를 지키는 영웅이 나오는 만화를 보며 자신에게 주어진 사명이 무언진 몰라도 분명히 아주 선한 것이리라 믿었다. 그러나 한 살 한 살 나이를 먹으며 알게 된 건 자신에게 주어진 역사적 사명 따위는 없다는 사실이었다. 이따위 몸과 마음을 바쳐봐야 조국과 민족의 무궁한 영광에 도움 될 일은 하나도 없었다. 인류 공영에 이바지하기는 개뿔. 해나 안 끼치고 살면 다행이지.

우식은 툴툴대다 모니터 속의 아이들이 서로 닮았으나 완전히 같지는 않다는 사실을 깨달았다. 단순히 한 명이 성장하면서 달라진 모습들이 아니었다. 모두 마스크를 쓰고 조금 전 본 아이처럼 이마를 덮은 헬멧 머리여서 얼핏 같은 인물처럼 보였지만 자세히 보면 눈매나 경례하는 자세, 손가락 모양 같은 것들이 조금씩 달랐다. 혹시 이것도 다른 그림 찾기 같은 걸까? 여기서부터 방 탈출 게임이 시작되는 건가? 직원은 보이지 않았고 대신 방문객은 벨을 눌러달라는 메시지가 적혀 있었다. 우식은 데스크에 붙어 있는 벨을 눌렀다. 한참을 기다려도 직원은 나타나지 않았다.

관계자의 안내를 기다리는 동안 우식은 전쟁 후 버려진 황폐한 참호 같은, 의도한 건지 몰라도 짓다 만 폐건물처럼 차가운 시멘트 벽면과 철골이 그대로 드러난 실내를 천천히 둘러보았다. 복도 안쪽에 1983이라는 번호가 붙어 있는 문이 보였다. 손잡이를 돌리니 스르르 문이 열렸다. 기준에게 들었던 안가의 거실 풍경이 그곳에 재현되어 있었다. 벽에는 숫자가 크게 인쇄된 1983년 2월의 농사 달력과 태극기 액자가 걸려 있었고, 거실 중앙에 깔린 털 눌린 밀색 카펫 위에는 더러운 유리가 덮인 나지막한 테이블과 페인트칠이 벗겨진 어린이용 흔들 목마가 있었다. 가죽이 뜯긴 낡은 3인용 소파에는 별무늬 천 조각을 기워 만든 한쪽 눈알이 빠진 유니콘 인형이 놓여 있었고, 바닥에 골드스타 상표가 붙은 오래된 텔레비전과 지금은 보기 힘든 비디오 데크와 VHS 비디오테이프 여러 개가 쌓여 있었다. 오래전에 우식의 집에도 있던 물건들이었다. 우식이 그쪽으로 다가가는데 무언가 발바닥 아래서 지끈, 하고 밟혔다. 태엽으로 움직이는 병정 인형이었다. 발에 밟혀서인지 인형은 태엽과 분리된 채 카펫 위에서 뒹굴었다. 그것을 집어 들어 태엽을 다시 끼우려는데 등 뒤에서 문 닫히는 스르르 소리가 다시 들렸다. 깜짝 놀란 우식이 다가가 손잡이를 잡고 흔들어보았지만 문은 열리지 않았다. 머리 위의 형광등이 점멸하더니 팍 소리와 함께 꺼지며 사방이 껌껌해졌다. 곧이어 벽면의 스피커에서 안내 멘트가 흘러나오기 시작했다.

"'벙커 1983'에 방문한 고객의 확진 판정으로 신속 항원 검사를 진행한 결과 직원 두 명과 고객 네 명이 양성 판정을 받았습니다. 저희 '벙커 1983'은 방역 당국의 지침에 따라 즉시 시설을 폐쇄하고 격리에 돌입할 예정이오니 고객 여러분은 잠시 대기해주시기 바랍니다. 다시 한번 안내 말씀드립니다. 이번에 감염된 바이러스는 새로 유입된 강력하고 전파력 높은 3차 변종 바이러스로 철저한 격리가 요구되오니 고객 여러분은 자리를 이탈하지 마시고 별도의 요청이 있을 때까지 대기해주시기 바랍니다."

실제 상황일까? 방문 전 우식이 읽은 방 탈출 카페 이용자들의 리뷰에도 게임의 이런 규칙에 대한 언급은 없었다. 스포일러라서 다들 언급하지 않은 걸 수도 있다. 우식은 안내 방송이 방 탈출 게임의 시작을 알리는 신호인지 진짜 바이러스로 인한 폐쇄 공지인지 알 수 없었다. 인터폰이나 유선 전화기처럼 직원과 소통할 장치가 어딘가에 있을 텐데 어두워서 보이지 않았다. 도대체 불은 왜 꺼진 건지, 다음 안내가 나올 때까지 무작정 기다려야 하는 건지 상황 파악이 안 되니 불안감과 초초감이 증폭되었다. 이럴 줄 알았으면 숨겨서라도 휴대폰을 챙겨 들어올 것을. 우식은 출입 규칙에 따라 입구에 있는 금고에 휴대폰을 집어넣은 것을 후회했다.

다행히 눈이 조금씩 어둠에 적응했다. 암순응이 시작된 것이다. 우식은 이 상황을 타개할 무언가를 찾아 어둠 속으로 손을 뻗어 거실의 물건들을 더듬더듬 만져보았다. 골드스타 텔레비전의 채널 버튼이 손에 잡혔다. 오른쪽으로 한 번 돌리자 텔레비전이 켜지며 지지직거리는 조정 화면이 나왔다. 달칵. 채널을 한 번 더 돌려보았다. 이번에는 보신각종을 치는 뉴스 화면과 함께 새해의 시작을 알리는 아나운서의 목소리가 들려왔다.

"셋, 둘, 하나. 드디어 희망찬 1983년이 밝았습니다. 국민 여러분, 번영의 1983년을 다 같이 기쁘게 맞이합시다."

1장

휴먼북 조기준

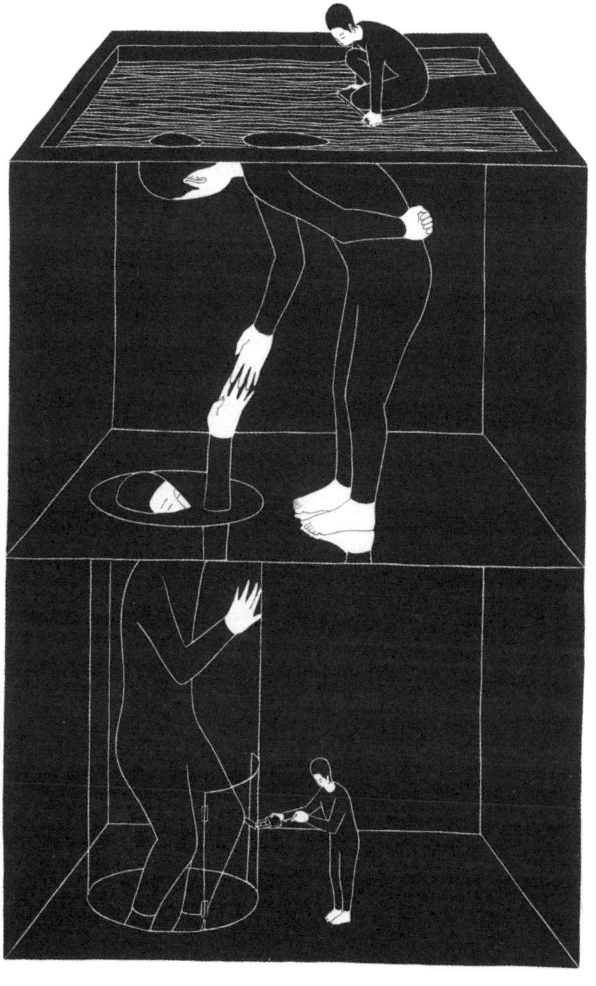

사람들은 심심하면 대개 쓸데없는 짓을 하는데, 대부분의 쓸모 있는 발견은 그 쓸데없이 보낸 시간들 속에서 돌연 발생한다. 그날 새로운 바이러스의 유입으로 격리 4일 차에 돌입한 우식의 경우에도 그러했다.

광풍같이 몰아친 격리의 시대가 끝나고 위드 코로나라 불린 한 시절이 지난 후에도 새로운 바이러스가 출현할 거라는 불안한 조짐과 예측은 줄곧 있었다. 역시나 나쁜 예감은 틀리지 않는다는 법칙대로, 남은 인류는 새로운 바이러스의 시대를 맞았다. 파라노이드 바이러스. 코로나 원년 당시의 자가 격리 방식으로는 바이러스의 확산을 멈출 수 없다고들 했지만 다시 그 시기의 격리 시스템이 도입되었다. 그것이 별다른 효과가 없다는 걸 알면서도 그랬다. 그랬다는 건 자가 격리와 통제에 감염 방지 이외의 다른 목적, 즉

격리하는 자와 격리되는 자를 분류해 식별 번호를 매기고 면역력과 전파 가능성을 기준으로 유효 격리 기간을 차등 적용하겠다는 숨은 의도가 존재한다는 이야기였다. 그것을 아는 자와 모르는 자, 그리고 알고도 모르는 척 순응하는 자와 모르는 채로 거부하다가 장기 격리 판정을 받는 이가 있었고 우식은 다행히(다행히?) 세 번째 분류에 속하는 사람이었다.

첫 번째 자가 격리는 바이러스가 처음 유입된 해의 가을에 이루어졌다. 파라노이드 바이러스에 감염된 사람들은 칼을 들고 거리로 나섰고 익명의 다수가 모이는 지하철과 쇼핑몰, 광장에서 노인과 어린이, 체격이 작은 여성 들을 대상으로 전파를 시도했다. 확진자의 바이러스가 발현되는 순간은 CCTV에 찍혀 곧 모든 미디어를 통해 공유되었다. 그와 같은 시각, 같은 공간에 있던 사람들에게는 즉시 자가 격리에 들어간 후 양성 판정을 받으면 생활 치료 센터에 입소하라는 안전 안내 문자가 전송됐는데 혹시라도 파악되지 않은 사람들, 화장실이나 탈의실 같은 곳에 있던 탓에 누락된 사람들을 위해 자진 신고를 요청하는 문자도 모두에게 즉각적으로 발송되었다. 접촉자들의 동선이 공개되면서 평범한 일과뿐 아니라 불륜 사실이나 종교, 성적 취향까지 까발려졌고 우식도 당사자 중 하나였다. 우식은 확진자와 이

틀 전 같은 클럽에 있었다는 것이 드러나 당국으로부터 밀접 접촉자로 분류되었다는 연락을 받았다.

두려움. 파라노이드 바이러스 감염의 초기 증상 중 하나가 광적인 두려움이었다. 우식은 확진자가 되는 것보다 직장 동료들의 시선이 더 두려웠는데 그 두려움이 곧 감염의 증상인 것만 같았다. 상상의 감염자가 되는 일은 쉬웠다. 어지럼증과 구토 증세와 함께 자신이 일궈놓은 일상의 루틴과 인간관계, 작은 성취와 미래 계획과 안전까지 파괴하고 싶은 욕구를 누르기 위해 우식은 졸리지 않아도 잠들려고 노력했다. 증상을 보고하자 매일 배급되는 물품에 강한 진통제와 수면제가 추가되었고 그 후로는 열여덟 시간씩 자는 것으로 하루를 보냈다. 깨어 있는 시간에는 격리가 끝나고 복귀했을 때 어떤 태도를 취해야 할지를 고민했다. 그렇게 우식에게 강제된 2주가 흘렀다. 다행히 확진은 되지 않았으나 낙인은 남았다.

"폐를 끼쳤습니다."

우식은 격리가 해제되고 돌아간 서비스센터에서 동료들에게 사과를 하고 자리에 앉았다. 고생했다는 격려의 말도, 우식의 빈자리를 채우느라 힘들었다는 불평의 말도 없었다. 그런데도 우식은 감지할 수 있었다. 모두 마스크를 쓰고 있어 표정은 보이지 않았지만, 그 무표정과 무관심만으로 표출되는 감정도 있었다. 다들 아는 것이다. 우식이 어쩌다 밀접 접촉자가 되었는지를.

물론 우식이 잘못한 건 없었다. 그저 운이 나빴을 뿐이었다. 우식은 추석 명절 3일을 혼자서 보냈다. 그러다가 데이팅 앱에 들어갔고, 한 사람을 알게 돼 같이 클럽에 갔다. 그뿐이었다. 새로운 사람을 만나지 않은 지 반년이 넘은 때였다. 그러나 한 번의 실수, 아니 실수라기엔 그저 운 나쁜 우연은 그동안의 조심스러운 거리 두기의 노력들을 모두 무로 돌려버렸다. 명절을 함께할 가족이라도 있었다면 일어나지 않았을 일이었다.

시간이 지나자 우식은 밥도 각자 먹고 회식도 없는 시기에 아웃팅을 당한 게 차라리 다행이라는 생각이 들었다. 애초에 동료들과 특별히 가깝게 지내지도 않아서 달라진 것도 없었다. 다만 가끔 우식의 자리에 귀여운 그림이 그려진 점착 메모지가 붙은 음료수를 놓아주던 안내 데스크의 손미영 씨가 더 이상 그렇게 하지 않았다. 서운했지만 다행이기도 했다.

우식의 두 번째 격리는 방문 수리를 나갔던 고객의 확진 때문이었다. 우식이 이제는 부품 구하기도 어려운 오래

된 통돌이 세탁기를 수리하는 동안 마스크도 쓰지 않고 옆에 서서 계속 오징어를 질겅질겅 씹어 먹던 남자. 마스크 좀 착용해주시겠습니까, 고객님. 우식은 그 말을 끝내 하지 못했다. 격리 기간이 끝나갈 무렵 우식은 양성 판정을 받았다. 증상은 거의 없었지만 생활 치료 센터에 입소해야 했다. 두 번의 격리 기간을 합치면 거의 한 달 넘게 자리를 비운 셈이었다. 회사로 돌아오니 분위기가 전보다 더 좋지 않았다. 분명히 확진 판정을 받은 날짜가 방문 일자보다 한참 후인데도 남자는 자신이 우식 때문에 감염된 거라며, 무증상 확진이면 자기보다 먼저 걸렸을지 알게 뭐냐며 본사에 강력한 클레임을 걸었다. 본인이 마스크를 쓰지 않은 건 언급하지 않은 채 우식이 물 한 잔 마시려고 잠시 마스크를 내렸던 걸 문제 삼은 모양이었다. 그건 우식이 퇴직할 이유도, 퇴직을 강요당할 사항도 아니었다. 그러나 그 일을 핑계로 우식이 그만두기를 바라는 분위기가 사내에 팽배해졌고 우식도 더는 회사의 압박을 무시할 수 없었다. 확진 판정 후 음성임을 확인하고 출근했음에도 우식은 계속 피하고 싶은 바이러스 취급을 받았다. 그 무렵 먼저 퇴직한 마태공 선배에게서 일자리를 제안받았고, 덕분에 상처가 곪기 전에 회사를 그만둘 수 있었다.

잠깐의 휴식 기간 동안 우식은 달고나 커피를 열두 번쯤 만들고 넷플릭스에서 좀비와 뱀파이어가 나오는 영화와 시리즈를 모두 찾아보았다. 〈전원일기〉와 〈수사반장〉 같은 오래된 드라마를 틀어놓고 화장실 타일의 묵은 물때나 냉동실의 성에를 제거하기도 했다. 그러고도 시간이 남아서 인스타그램을 돌아다니다가 처음 연애했던 친구가 결혼해서 여섯 살 된 아들을 두었다는 사실도 알게 되었다. 기차를 좋아하는 아이는 영민해 보이는 얼굴이었고, 웃을 때 한쪽 눈만 윙크하듯 감기는 모습이 친구와 꽤 비슷했다.

세 번째 격리는 마태공 선배와 함께 점심을 먹었던 백반집 주인과의 접촉 때문이었으므로 둘 다 각각 격리에 들어갔다. 자가 격리도 세 번째쯤 되자 우식은 더 이상 집에서 하고 싶은 것도 해야 할 것도 생각나지 않았다. 한 번의 확진으로 격리가 면제되는 줄 알았는데 변이 바이러스로 인한 재확진이 많은 터라 방침에 따라 재격리되었다. 우식은 답답한 마음에 실시간 뉴욕 타임스퀘어의 모습이나 나사에서 송출해주는 우주 영상 따위를 몇 시간씩 멍하니 보다 문득 다른 사람들은 자가 격리 동안 뭘 하고 지내는지가 궁금해졌다. 뭐 재미있는 게 없을까. 격리, 고립, 방 탈출 따위를 검색해서 방탈출 게임이나 자가 격리 브이로그 영상들을 훑어보았다. 그러다 알고리즘에 뜬 한 영상의 제목에 눈이 멈췄다.

휴먼북 섹션 D – 생존 시리즈 제9편. 격리 전문가 조기준의 봉인된 생과 방 탈출 필승 가이드.

격리 전문가라고? 하긴. 새로운 팬데믹이 시작된 지 1년이 지났으니 격리 전문가라는 명칭을 붙여 특수를 노린 틈새 직업이 나올 법도 했다. 우식은 별것이 없을 걸 알면서도 어차피 다른 할 일도 없던 차라 제목을 눌러보았다. 이내 '휴먼북 라이브러리'라는 사이트로 연결되었는데 그곳이 다른 전자책 사이트와 다른 점이 있다면 휴먼북, 그러니까 인간의 형태로 된 책만 열람이 가능하다는 점이었다. 그 사이트의 최하단, 책값을 90퍼센트나 할인해주는 최저가 코너에《휴먼북 조기준》이 있었다.

우식이 살펴본바 휴먼북은 한 사람 한 사람이 곧 책이라는 개념으로 개인이 가진 지식이나 정보, 살아온 이야기를 원하는 사람이 일정 기간 구독하는 서비스였다. 기본적으로는 대면해 열람하는 방식이었으나 팬데믹으로 인해 대면과 비대면, 두 가지 형태가 모두 가능해진 듯했다. 비대면 열람은 신청자가 비용을 지불하고 날짜와 시간을 선택하면 휴먼북이 이를 승인함으로써 줌을 통해 1대 1로 콘텐츠를 제공받는 방식이었다.

휴먼북 또한 일반 서적과 마찬가지로 종교, 철학, 역사, 경제, 경영, 기술, 운동, 문학, 예술, 음악, 미술 등 세부 분야로 나뉘어졌는데 열람료는 차등 적용되었다. 크게 A, B, C, D 네 등급으로 분류되었고 그 기준은 정가가 아닌 시가였다. 휴먼북도 결국 생물이니 대게나 다금바리처럼 시가로 가치를 매기는 게 합리적이었다. 아무래도 쉽게 하기 어려운 경험이나 이력을 가진 휴먼북의 열람 횟수가 많았고 예약자나 대기자 수가 많을수록 가격도 높았다.

첫 화면에 뜬 금주의 베스트셀러 코너를 살펴보았다. 대체로 부동산, 주식, 코인 투자 전문가나 아이가 영재이거나 자녀를 하버드, 서울대에 보낸 엄마와의 차담회, 혹은 현직 모델들의 스타일 코칭 등을 내세운 휴먼북이 예약자도 많고 열람료도 높았다. 《휴먼북 조기준》은 달랐다. 그것이 처음 등록된 건 1년 전이었는데 그맘때 단 한 번의 열람 이력이 있을 뿐이었다. 이런 상황이니 최근 6개월간 한 차례도 열람되지 않은 휴먼북이 모인 90퍼센트 할인 코너에 놓이게 됐을 것이다. 격리 전문가라면 팬데믹 시대에 흥미를 끌 법도 한데 도대체 얼마나 시시했으면, 이라는 생각에 우식은 오히려 관심이 생겼다. 최초이자 유일한 열람자인 닉네임 '대학생'이 남긴 리뷰를 클릭해보니 이런 감상평이 떴다.

대학생: 그는 아직도 격리되어 있기 때문에 격리 전문가가 되었다. (★⯪☆☆☆)

별 다섯 개 만점에 한 개 반이라니. 어지간히 별로구나 싶으면서도 이상한 호기심이 일었다. 우식의 취향이란 늘 남들이 외면하는 쪽을 향해 있었다. 스스로는 평범한 길을 벗어날 용기가 없었으나, 그랬기 때문에 특이 취향에 시선이 갔던 것이다. 그러나 열람 버튼을 누르게 된 결정적인 이유는 무료 미리보기 형태로 제공된 첫 챕터 때문이었다. 미리보기는 녹화된 영상으로 제공되었는데 1983년의 뉴스 화면, 특히 재난 영상을 슬라이드 형태로 보여주는 화면 위에 조기준이 자신의 내레이션을 입힌 것이었다. 대한항공 격추 사건, 버마 아웅 산 묘소 폭발 사건 같은 범세계적 비극이 자신이 태어나기도 전인 1983년 한 해에 다 일어났다는 사실에 우식은 새삼 경악했다.

《휴먼북 조기준》의 미리보기 영상을 문자로 가공한 것이 다음의 첫 번째 챕터다.

챕터 1

벽장 속의 소년, 1983년 겨울

깜박 잠이 들었다가 깨었다. 눈을 떠보니 벽장 안의 어둠이 한층 짙어져 있었다. 어둠이 모두 같은 질감과 무게를 가진 것은 아니었다. 소년은 시간에 따라 달라지는 어둠의 냄새와 밀도를 분간할 수 있었다. 두 팔을 벌려 모래를 모으듯 어둠을 모아 그것을 실패처럼 둥글게 말아 튕기며 놀기도 했다. 어둠을 주관하는 마법사가 되어야지. 소년의 꿈은 마법사가 되는 것이었다. 소년의 아빠는 마술사였다. 소년은 그렇게 믿었는데, 소년은 마술사와 마법사를 구분하지 못했다.

사방이 고요한 것을 확인한 소년이 벽장 밖으로 나왔다. 목에 매인 밧줄 때문에 갑갑하긴 했지만 곧 안나가 와서 풀어주며 자국이 난 목에 부드러운 손으로 하얀 연고를 발라줄 터였다. 밧줄은 벽장 안 기둥에 묶여 있었으나 길이가 길어서 필요할 때는 벽장 밖으로 나와 방에 딸린 화장실도 갈 수 있었다. 어차피 방문은 밖에서 잠겨 있어 방 밖으로만 나가지 않으면 괜찮았지만 소년은 가능하면 벽장 안에 머물렀다. 그래야 착한 아이였다. 소년은 안나에게 착한 아이라고 칭찬받는 게 좋았다.

오늘은 한 달에 한 번, 감독관이 방문하는 날이었다. 안나가 감독님이라 부르는 그 남자는 전쟁 중에 생존자들을 관리하고 감독하는 사람이었다. 감독관에게 들키지 않도록 그때마다 소년은 데비와 함께 벽장 속에 숨었다. 데비는 안나가 헝겊으로 만들어준 유니콘 인형이었다. 몸에는 다윗의 별무늬가 박혀 있고 뿔은 황금색 줄무늬로 덮여 있었는데 소년이 어둠을 두려워하던 시절, 안나가 소년의 작아진 내복 바지를 잘라 만들어준 것이었다. 데비는 어둠 속에서도 빛나는 유리 눈을 지녀 소년은 그와 함께라면 어둠이 두렵지 않았다. 이제 어둠은 두려움의 대상이 아니었지만 소년은 어디를 가든 항상 데비를 데리고 다녔다. 어디라고 해봐야 안가 안의 방과 거실, 주방과 욕실, 서재가 전부였지만 말이다. 언젠가 전쟁이 끝나고 이곳을 나가게 되면, 소년은 생각했다. 가장 먼저 유니콘을 보러 갈 거야. 안나가 읽어준 책에서는 유니콘이 환상의 동물이라고 했지만 안나는 거짓말이라고 했다. 어릴 때 실제로 유니콘을 본 적이 있다는 거였다.

"어떻게? 어떻게 봤는데?"

"착한 일을 하면 돼. 유니콘은 착한 어린이들 앞에만 나타나니까."

"착한 일? 착한 일을 하면 유니콘이 찾아오는 거야?"

"그래. 비가 갠 뒤 무지개를 타고 나타나 선물을 줘. 산타처럼."

"난 그럼 나쁜 아이라서 유니콘이 안 오는 거야?"

"그래. 넌 나쁜 아이니까. 하지만 내 말을 잘 듣고 시키는 대로 하면 언젠가 유니콘을 볼 수 있을 거야. 전쟁이 끝나면."

소년은 안나의 말을 믿었다. 안나는 모르는 게 없었다. 전쟁으로 엄마와 아빠, 그리고 같이 놀던 친구들까지 다 죽은 마당에 소년만 살아남은 건 현명한 안나 덕분이었다.

*

1983년 2월 25일, 소년은 친구 준의 집에 놀러 가다가 사이렌 소리를 들었다. 얼마 전에도 사이렌이 울렸었다. 당시 놀이터에서 놀던 소년은 깜짝 놀라 집으로 달려갔지만 아무 일도 일어나지 않았다. 괜찮겠지? 소년은 이번에는 걸음을 멈추고 주위를 둘러보았다. 사이렌 소리는 지진처럼 퍼져 나가며 거리의 질서를 순식간에 흩뜨렸다. 거리를 오가던 행인들은 괜히 하늘을 올려다보거나 사방을 두리번거리다 다른 사람과 눈이라도 마주치면 죄지은 사람처럼 시선을 피하며 똥 마려운 표정으로 분주히 걸음을 옮겼다. 소년 역시 조금은 두려웠으나 괜찮을 거야, 마음을 다잡으며 가던 길을 계속 갔다. 지금 집에 가봐야 어차피 텅 비어 있을 터였다. 집보다 준이네가 더 좋았다. 준이네 부모님은 조그만 슈퍼를 했는데 소년이 가면 준과 함께 먹으라고 아폴로나 쫀드기 따위를 하나씩 주곤 했다. 그때마다 소년은 그들이 친부모님이면 좋겠다고 생각했다. 소년의 소원은 슈퍼집 아들이 되는 거였다. 슈퍼집 아들이 되면 원하는 모든 것을 가질 수 있을 듯했다. 아폴로 같은 건 하루에 열 개씩도 먹을 수 있겠지. 생각만으로 침이 고였다. 소년은 입안에 퍼지는 아폴로의 신맛을 느끼며 서둘러 달리기 시작했다. 소년이 숨을 헐떡이며 모퉁이를 도니 준의 어머니가 슈퍼 앞 가판대에 진열해둔 물건들을 황급히 들여놓고 있었다. 사람들이 라면이나 생수 따위를 사재기하러 오기 전에 빨리 정리해야 한다고 했다.

"준이는요?"

"너 사이렌 소리 못 들었니?"

문 닫을 채비를 거의 마친 준의 어머니가 물었다.

"들었어요."

"근데 왜 여기로 왔니?"

"준이랑 놀려고요. 준이는 어디 있어요?"

준의 어머니는 안타깝다는 듯이 소년을 보았다.

"사이렌이 울리잖니. 전쟁이 날지도 몰라. 얼른 집에 가라. 어머니가 걱정하실 거야."

준의 어머니는 소년의 등을 떠밀었다. 소년은 집에 가봐야 걱정할 엄마도 없다는 말은 할 수 없었다. 엄마는 오늘도 일하러 갔다. 소년이 할 수 없이 다시 집으로 돌아가려는데 준의 어머니가 뒤에서 소년을 불렀다. 돌아보니 그가 깐돌이 하나를 손에 들고 있었다. 소년이 가장 좋아하는 아이스크림이었다.

"이제 이것도 더 이상 못 주게 될지도 모르니까."

준의 어머니는 그렇게 말하더니 두꺼운 팔로 소년을 당겨 안았다.

"세상에, 난 살 만큼 살기라도 했지. 이 어린 것들이. 고작 7년밖에 못 살았는데."

그가 울먹이며 말한 까닭에 소년은 갑자기 무서워졌다. 소년이 울음을 터뜨리려 하자 준의 어머니가 금세 마음을 추스르고는 소년을 품에서 냉정하게 떼어놓았다. 그리고 다시 등을 떠밀며 엄한 목소리로 말했다.

"어머니가 걱정하실 거야. 집으로 빨리 뛰어가라. 곧 전쟁이 시작될지도 모르니까."

더 이상 머뭇거릴 수 없었다. 전쟁보다 준의 어머니에게 혼날 것이 더 두려워 소년은 집을 향해 뛰었다. 거리는 한적했다. 어느새 사람들이 모두 전쟁을 피해 집 안으로 숨어버린 것 같았다. 사이렌 소리만이 귀에서 윙윙 울려댔다. 소년은 아이스크림을 핥느라 잠시 걸음을 늦췄다. 전쟁이라는 게 뭔지, 얼마나 무서운 건지 알 수 없었지만 준의 어머니가 울먹이던 모습이 소년을 두렵게 했다. 아이스크림이 녹아 손등에 떨어졌다. 손등에 묻은 아이스크림은 달기만 한 것이 아니라 짜기도 했다. 소년은 자꾸 눈물이 날 것 같았다. 이 맛있는 아이스크림도 더 이상 먹을 수 없는 게 전쟁이라는 건가. 소년은 다시 부지런히 뛰기 시작했다. 그렇게 집을 향해 뛰어가다가 안나를 만났다. 그것이 전쟁 전의 세계, 바깥의 세계에 대한 소년의 마지막 기억이었다.

*

감독관이 생존자인 안나에게 식량과 치료제, 필요한 물건을 배급하러 집에 방문할 때마다 소년은 벽장 속에 숨었다. 감독관 앞에 모습을 드러내면 그 즉시 사살될 수도 있었다. 왜냐하면 소년에게는 치명적인 바이러스가 있기 때문이었다. 안나의 말에 의하면 소년은 불행히도 안가에 들어오기 전 적군이 살포한 전쟁 바이러스에 감염되었다. 안나는 감독관이나 자신에게는 특별한 항체가 있어 전염되지 않지만, 소년이 안가 밖으로 나가 바깥 공기에 노출되는 순간 바이러스가 퍼져 나가 소년과 직접 접촉한 사람은 물론이고 인근에 있는 사람들까지 모두 감염될 거라고 했다.

"감염되면 어떻게 되는데?"

"죽지."

"어떻게?"

소년이 두려움에 떨며 물어보면 안나는 동화책을 읽어주듯 달콤한 목소리로 대답했다.

"마치 목이 졸린 사람처럼 숨도 못 쉬고 헐떡이다 죽게 돼. 동공이 열리고 눈에는 빨간 핏줄이 서고 얼굴의 혈관도 다 터질 듯이 불거지는 거야. 그러고는 온몸의 혈액이 모두 빠져나가기 시작하면서 천천히 죽는 거지. 검은 피를 토하며 흉측하게."

"그런데 난 왜 안 죽어?"

"원래 그런 거야. 넌 아주 악질적인 슈퍼 바이러스니까. 슈퍼 바이러스는 바이러스를 보유할 뿐 치명상을 입진 않아. 대신 다른 사람에게 옮겨가는 순간 살인 바이러스가 되지. 수많은 사람에게 전파되어 네 몸속에서 바이러스가 다 빠져나가면 너도 죽게 돼. 명심해야 해. 절대 나 이외의 사람과 접촉하면 안 돼. 전쟁 바이러스란 그렇게 무서운 거야. 일단 감염됐다 하면 다른 사람과 접촉하는 순간 자신도 모르게 살인자가 되고 마니까. 넌 예비 살인자야. 그러니까 항상 조심해."

동일한 바이러스에 대해 안나는 어떤 날은 축복이라고 했고 어떤 날은 저주라고 했다.

"난 왜 이렇게 무서운 바이러스를 가진 거야?"

소년이 왜 자신만 이렇게 치명적인 바이러스에 걸린 건지 속상해서 물으면 안나는 아무렇지 않게 대답하곤 했다.

"넌 저주받은 아이니까."

"왜 저주받았는데? 난 잘못한 게 아무것도 없는데?"

그러면 안나는 말없이 소년을 물끄러미 쳐다보았다.

말하지 않아도 다 안다는 듯이. 안나가 맞았다. 잘못이 없는 건 아니었다. 소년은 준이네 슈퍼에서 몰래 사탕이나 풍선껌을 훔쳐 먹은 적이 있었다. 엄마 주머니에서 훔친 동전으로 〈천년여왕〉 딱지를 사기도 했다. 준의 여동생과 놀다가 보드라운 곳을 간지럽힌 적도 있었다. 여자아이는 간지럽다고 까르르 웃었다. 그 웃음소리가 좋아서 소년은 그곳을 자꾸만 간질였다. 안나도 그렇게 보드라운 속살을 가지고 있을까? 내가 간질이면 안나도 여자아이처럼 까르르 맑고 귀여운 웃음소리를 낼까? 가끔 자는 안나의 품에 파고들며 그런 것들을 궁금해했던 것마저 들킨 것 같아 소년은 부끄러워졌다. 반대로 기분이 좋을 때면 안나는 소년을 축복받은 아이라고 불렀다. 바이러스 덕분에 전쟁터에 나가 싸우지 않아도 된다는 이유에서였다. 소년과 비슷한 또래의 아이들은 모두 이미 감염되어 죽거나 소년병으로 차출되었다고 했다. 안나가 보여준 사진 속의 소년병들은 이제 일곱 살인 소년과 동갑이거나 고작 두세 살 더 많아 보였다. 그런데도 총을 들고 싸웠다. 팔이 하나밖에 없는 사내아이는 사라진 팔을 대신해 남은 한 팔로 자신의 키만 한 장총을 끌어안고 있었다. 흑백사진 속 풍경은 어쩐지 소년이 기억하는 서울보다 더 오래전 모습처럼 보였으나 전쟁은 원래 그런 거라고 소년은 생각했다. 모든 게 달라졌어. 전쟁은 모든 걸 파괴시키는 거야. 한 방향으로 흐르는 시간의 일방적인 흐름조차.

소년은 가끔 용감한 소년병이 되어 전쟁을 승리로 이끄는 자신의 모습을 꿈꾸기도 했다. 사진 속 소년병은 소년이 즐겨 보았던 만화의 주인공 똘이 장군처럼 근사해 보였다. 자신도 그런 영웅이 될 수 있었다. 소년은 전쟁이 일어나기 전, 종종 동네 형들과 전쟁놀이를 했다. 총 대신 둘둘 만 달력이나 나뭇가지를 들고 편을 갈라 싸웠다. 서로 쫓고 쫓기다 상대편을 생포해 포로로 삼고 왕 게임을 할 때면 진짜 왕이 된 것처럼 신이 났다. 전쟁놀이는 소년이 즐겨 하던 놀이 중 하나였다.

"나도 나가서 싸우고 싶어."

"나쁜 아이구나."

소년이 소년병들의 사진을 보고 두려움과 함께 질투를 느낄 때면 안나는 소년의 손등을 찰싹 때리며 말했다. 소년이 그런 생각을 하는 건 몸속의 전쟁 바이러스 때문이라고 했다. 안나는 바이러스의 활동을 저지해야 한다며 매일 아침 노란 알약을 주기 시작했다. 시큼한 비타민 알약 맛이었는데 안나는 그것이 비타민이 아니라 바이러스 치료 약이라며 매일 꾸준히 먹으면 바이러스의 증식을 막아줄 거라고 했다.

"바이러스가 다 사라지면 나도 밖에 나갈 수 있는 거야?"

"전쟁이 끝나야지. 네 바이러스는 전쟁 중에는 결코 완전히 사라지지 않아."

소년이 할 수 있는 일은 없었다. 그저 안가에 머문 채 꾸준히 약을 먹으며 언젠가 전쟁이 끝나기를 꿈꾸는 것이 할 일의 전부였다. 소년은 절망했다. 자신이 전쟁터에 나간 친구들에 비해 형편없는 존재처럼 느껴졌다. 그럴 때면 안나는 소년을 위로했다. 소년에게는 또 다른 소명이 있다는 거였다.

"좌절하지 마. 네가 살아남은 건 이유가 있기 때문이야. 전쟁이 끝나고 나면 그때 네가 해야 할 일이 있어. 전쟁으로 폐허가 된 세계를 재건하려면 네 힘이 필요할 거야. 그러니까 넌 이곳에서 내가 하라는 대로 열심히 착한 아이가 되면 돼."

소년은 안나의 말대로 착한 아이가 되기로 했다. 안나가 세운 하루 일과에 따라 아침 8시에 일어났고 잠자리에 드는 밤 9시까지 계획표대로 생활했다. 오전 10시에는 10분간 국민체조를 했고 오후 5시가 되면 국기에 대한 경례를 했다.

"다 지켜보고 있어."

안나는 그렇게 말했다.

"언젠가 들킬지도 모르니까 네가 아군이라는 걸 매일 매일 증명해야 해. 지금은 바이러스 때문에 격리되어 있지만 이 땅의 평화와 번영을 위해 필요한 사람이라는 걸 보여줘. 충성을 맹세해. 그래야만 매일 네 몫의 식량을 받을 수 있어."

안나는 소년의 모습을 홈 비디오에 녹화했다. 감독관에게 들키더라도 그 영상만 있다면 즉시 사살되지는 않을 터였다. 충성을 맹세하면 안나가 자기 몫의 식량을 나눠주었다. 꼭 그 때문이 아니더라도 소년은 국기에 대한 경례를 하는 것이 좋았다. 맹세문을 외울 때마다 소년은 이승복 어린이를 떠올렸다. 나는 공산당이 싫어요, 라고 외쳤다던 문고판 위인전 속 소년. 소년은 그처럼 자신이 용감한 어린이가 되는 것 같았고, 만화로 그려질 만큼 유명한 소년이 될 수 있을 것 같았다. 소년의 아빠는 소년이 국기에 대한 맹세를 한 글자도 틀리지 않고 또박또박 외우는 걸 보면 머리를 쓰다듬으며 이렇게 칭찬해주었다.

"똑똑한 아이구나. 넌 커서 나와는 다른 어른이 될 거야."

소년은 그 말이 듣기 좋았다. 칭찬의 말이라고만 생각했다. 그래서 그 후부터는 누군가 장래 희망을 물으면 아빠와는 다른 어른이 되는 거라고 대답했다. 그러면 질문한 어른들은 당황스럽다는 듯 웃었고 아빠는 씁쓸하게 미소 지으며 덧붙이곤 했다.

"내가 말했잖아. 나를 닮지 않아 똑똑한 아이라고."

아빠는 왜 내가 자기를 닮는 걸 싫어할까? 소년은 곧 이유를 알게 되었다. 아빠는 아끼는 모든 것을 사라지게 만드는 사람이었다. 아빠가 올 때마다 집에 있는 물건들이 하나씩 자취를 감췄는데, 소년이 아빠를 마술사라고 믿었던 이유도 바로 그 때문이었다. 처음엔 엄마의 결혼반지가 감쪽같이 사라졌다. 밖에서 신나게 놀다 들어온 어느 날엔 집안 곳곳에 빨간 딱지가 붙어 있더니, 다음 날엔 엄마가 혼수로 해 온 자개장과 반닫이, 식기 세트가 사라지고 없었다.

"다 어디 갔어?"

그 상황을 이상하게 여긴 소년이 묻자 엄마가 울며 말했다.

"아빠가 다 사라지게 했어."

아빠는 마술사임이 분명했다. 아끼는 것들을 하나씩 하

나씩 감쪽같이 사라지게 만드는. 소년은 언젠가 자신도 그렇게 사라지게 될지 모른다고 생각했다. 그러나 사라진 건 소년이 아니라 아빠였다. 아빠는 감쪽같이 사라졌다가 감쪽같이 돌아오기를 반복했는데, 소년이 '감쪽'이라는 발음이 재미있어 혀 위에 그 단어를 올려놓고 이리저리 굴리며 노는 동안 아빠의 그림자는 조금씩 엷어졌다. 남은 건 엄마와 소년뿐이었다.

안나가 맞춰둔 알람은 오후 5시만 되면 사이렌처럼 요란하게 울렸다. 그러면 소년은 어김없이 국기에 대한 경례를 했다. 바깥의 일상 중 변함없이 지속되는 건 그 소리뿐이었다. 국기에 대한 경례를 하는 동안에는 비록 저 바깥이 전쟁으로 폐허가 되었다 해도 자신이 아는 세계가 완전히 끝나지는 않았다고 믿을 수 있었다. 무언가 멈추지 않고 이어지고 있다는 것이 소년의 마음을 안정시켜주었다. 맹세문을 외울 때면 자신이 정말 이 땅의 위대한 영웅이 될 운명을 타고난 것 같았다. 지금의 시련은 다 위대한 전설의 시작에 앞서 주어진 고난일 뿐이었다. 원래 영웅은 난세에 난다고 했다.

소년이 안나와 처음 친해진 것도 생각해보면 국기에 대

한 경례 덕분이었다. 놀이터에서 놀던 소년의 눈에 벤치에 멍하니 앉아 있는 안나가 들어왔다. 놀이터의 소란스러움과는 무관하게 꼿꼿하게 앉아 허공을 응시하는 안나의 고요한 모습은 천년여왕과 닮아 있었다. 요양차 내려와 산속에 머문다는 안나를 두고 어른들은 여배우였다고도 했고 불쌍한 여자라고도 했다. 여배우라는 말과 불쌍하다는 말은 어쩐지 어울리지 않아서 안나에 대한 소년의 호기심과 동경은 커져만 갔다. 소년은 그가 산속의 비밀기지에 머물며 만화 〈천년여왕〉의 여왕처럼 라메탈 행성으로 같이 떠날 아이를 찾는 게 아닐까 상상하기 시작했다. 만약 엄마를 선택해서 태어날 수 있다면 안나 같은 엄마를 갖고 싶었다. 그리고 안나 역시 자신을 보면서 소년 같은 아들을 갖고 싶다고 생각하길 바랐다.

마침 국기 하강식이 시작될 시간이었다. 소년은 자신이 얼마나 똑똑한 아이인지 증명하고 싶었다. 〈천년여왕〉의 철이보다 자신이 라메탈 행성의 번영에 더 필요한 아이라는 것을 보여주고 싶었다. 그래서 안나 곁으로 달려갔다. 달려가다 그만 보도블록의 깨진 틈에 걸려 넘어지고 말았는데, 아픈 것보다 창피해서 소년은 눈물이 날 것만 같았다. 울먹이는 소년을 보고 안나가 다가왔다. 녹색의 아름다운

원피스 자락에 모래가 묻는 것도 개의치 않고 무릎을 꿇은 채 자신을 걱정스럽다는 듯이 쳐다보는 안나를 보고 소년은 크게 울음을 터뜨렸다. 바보 같은 모습을 보이고 말았다. 라메탈 행성에 가지 못할 거야, 다른 아이가 선택되겠지, 그런 생각이 들었다. 그때 사이렌이 울렸다. 보여줘야 했다. 자신이 얼마나 똑똑한 아이인지를, 무슨 뜻인지 이해하지 못하는 어려운 말들을 얼마나 잘 외우는지를. 소년은 울다 말고 벌떡 일어나 가슴팍에 손을 얹고 비장한 표정으로 훌쩍이며 국기에 대한 맹세를 외우기 시작했다.

"나는 자랑스러운 태극기 앞에, (훌쩍) 조국과 민족의, (훌쩍) 무궁한 영광을 위하여 몸과 마음을 바쳐, (훌쩍) 충성을 다할 것을, (훌쩍) 굳게 다짐합니다."

하강식이 끝나고 소년이 자랑스럽게 고개를 드니 안나가 알 수 없는 표정으로 자신을 쳐다보고 있었다.

"왜 그러세요?"

소년이 묻자 안나는 대답했다.

"그러지 마."

"뭘요?"

"그게 뭐든 몸과 마음을 바쳐 충성을 다하지는 마."

안나의 표정이 왠지 슬퍼 보여서 소년은 그의 손을 붙

잡고 속삭였다.

"날 데려가요."

"뭐라고?"

안나가 의아한 표정으로 소년을 보았으나 소년은 붙잡은 손에 더욱 힘을 주며 한 음절 한 음절 꾹꾹 누르듯이 대답했다.

"비밀기지로 날 데려가줘요. 날 데려가면 충성을 다할게요. 몸과 마음을 바쳐."

2장

디지털 세탁소 '더 빨래'

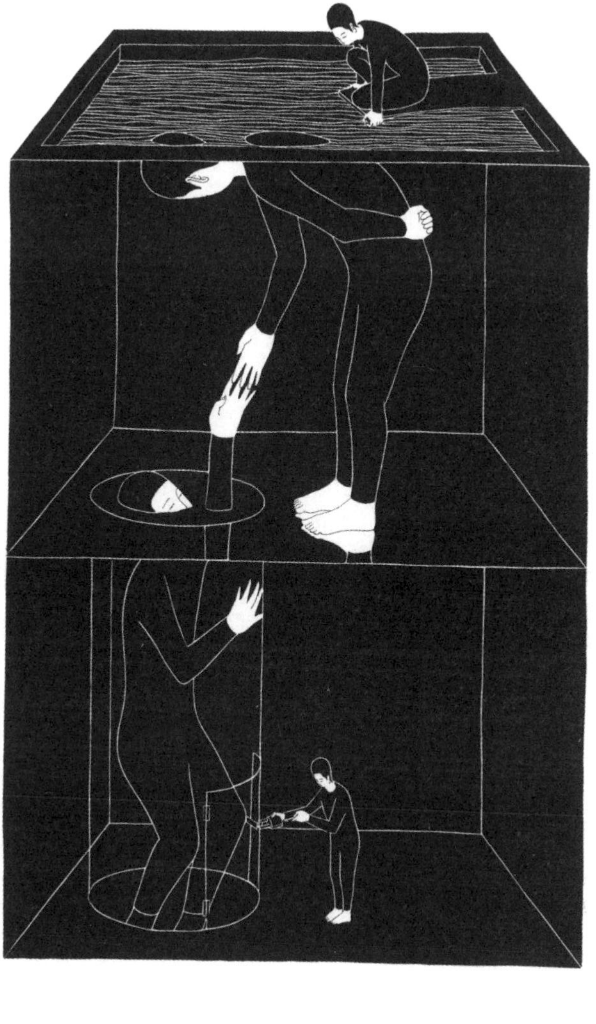

마태공은 돌아오지 않았다. 둘이 동시에 자가 격리에 들어갔으니 우식이 출근했을 때 마태공도 자리에 있어야 했다. 그러나 다음 날, 그다음 날이 되어도 마태공은 출근하지 않았다. 연락도 받지 않았다. 우식은 그가 확진을 받아 센터라도 들어간 거라 짐작했다. 그리고 일주일이 지난 어느 날 출근해 보니 그가 개인 물품들을 찾아갔는지 치워진 책상에는 쪽지가 하나 남겨져 있었다. 자가 격리 시간을 더 가져야겠다는 내용이었다. 우식은 마태공이 회사에 나오는 길에 또 밀접 접촉자가 된 건가 싶었다. 있을 법한 일이어서 알겠다고 문자를 보냈다. 답은 오지 않았다.

마태공이 다시 자가 격리에 들어간 후에도 우식은 성실히 사무실로 출근했다. 재택근무가 권장되는 시대라 해도 우식은 출퇴근이라는 행위가 좋았다. 비록 집에서 사무실,

사무실에서 집으로 이어지는 단순한 동선이라도 출근과 퇴근의 찰나에 바깥 공기를 마시며 붐비는 지하철 안에서나마 사람들을 구경하고 그들과 호흡을 나누는 게 좋았다. 타인이 나를 감염시킬지 모르는 잠재적 바이러스로 인식되는 시기였지만 그 행위마저 없으면 우식이 사람과 접촉하고 온기를 느낄 기회는 전무했다.

형의 가족이 있었지만 부모님이 돌아가시고 나서는 1년에 한 번 명절에 얼굴을 보는 게 전부였고 그 일이 있고 난 후에는 팬데믹을 핑계로 줄곧 소원했다. 조카는 보고 싶었다. 이제 아홉 살이 된 조카 준영이 보고 싶을 때는 키즈 유튜브에서 다운로드해둔 영상을 반복해서 보았다. 지금은 정지된 계정이었다. 우식은 가끔 형수의 인스타그램에 들어가 그가 온라인으로 판매하는 마스크 팩을 엉뚱한 곳에 붙이거나 로션을 쏟고 립스틱을 볼에 문지르며 장난치는 준영의 영상을 찾아봤다. 여러 번 혼나며 다시 찍었을 게 분명한 개구진 모습이었다. 멀리서나마 이렇게 커가는 모습을 볼 수 있는 건 준영으로 어떻게든 수익을 창출해보겠다던 형과 형수의 의지 덕분이었다.

그날 키즈 유튜브에 올릴 준영의 영상을 찍는 모습을 보며 아동 학대라고 형과 형수를 몰아붙인 게 잘못이었을까. 그러나 촬영하는 동안 아이가 느낄 압박감, 심리적 학대를 모른 척할 수 없었다. 우식의 신고로 계정은 정지되었다. 이런 일에 격하게 반응한 건 어릴 때 우식이 겪은 트라우마 때문이었다. 다행히 준영은 크게 엇나가는 일 없이 성장하고 있는 듯했다. 그때는 그게 옳은 일이라고 생각했다. 지금은 무엇이 옳은지 알 수 없었다. 절대적으로 옳은 선택이란 없으며 다만 각자의 입장이 있을 뿐인지도 몰랐다. 형과 형수가 너같이 모든 걸 왜곡된 시선으로 보는 삼촌이 아이 곁에 있는 게 더 위험하다고 했던 말이 어쩌면 더 옳을지도. 우식이 그들과 화해할 생각을 하지 않는 건 그 말 때문이기도 했다. 다시 만나 가족의 시간을 함께 보내게 됐을 때 자신이 조카에게 미칠지도 모를 나쁜 영향들이 무서웠다. 우식은 이미 어떤 식으로든 오염되었고, 또 누군가를 오염시킬 수도 있는 존재였다. 그런 우식이 온라인상에 떠도는 오염들을 지우는 디지털 세탁소의 세탁 기사가 된 건 꽤 아이러니한 일이었다.

마태공은 같은 서비스센터에서 가전을 수리하던 선배였다. 회사를 나간 후 창업을 준비한다는 소문은 들었지만 그게 세탁소일 거라고는 예상치 못했다. 처음 마태공이 세탁소에서 같이 일하지 않겠느냐고 제안했을 때 우식은 코인 세탁소를 떠올렸다. 요즘 많이 생기는 무인 세탁소 사업에 공동으로 투자하자는 이야기로만 생각했다. 그런데 아니었다. 마태공이 제안한 건 디지털 세탁소로 디지털 장례 서비스와 하는 일이 비슷했다. 다만 디지털 장례 서비스가 이미 죽은 사람들의 온라인 흔적을 지워주는 일이라면, 디지털 세탁소 '더 빨래'는 산 자를 위한 일이었다. 개인 SNS나 사적 채팅방에 올린 사진이 딥페이크에 이용되었거나 불법으로 촬영된 자신의 영상이 떠돈다는 걸 알게 된 사람들, 혹은 유명인이 된 공인들이 과거 흔적을 지워달라고 요청해 오면 온라인상에 흩어져 있는 정보들을 찾아 민간 업체가 할 수 있는 선에서 최대한 없애주는 일을 했다. 원치 않는 과거를 세탁해주는 증거 인멸 프로그램, 말하자면 온라인 신분 세탁소라고도 할 수 있었다.

처음 사업을 같이 하자고 말하며 마태공은 우식에게 물었다.

"흙오이라고 알아?"

"흙오이요?"

흙오이는 일종의 밈이 된 이야기였다. 과거 한 정치인이 흙오이를 먹는 사진과 기사가 화제가 되었다. 그러나 몇 년 후 당시 그 사진과 기사를 보았다는 다수의 증인이 있음에도 온라인상에서 그 자료들은 전부 흔적도 없이 사라졌다. 그리하여 흙오이는 어떤 상황이나 현상을 목격한 사람이 있고 그들의 증언도 있으나 실질적인 증거가 사라져 그것을 확인할 수 없는 상황을 이르는 말이 되었다.

그러니까 마태공에 의하면 '더 빨래'가 하는 일은 온라인에 떠도는 흙오이를 지우는 일이며, 동시에 부끄럽거나 치욕스럽거나 미래에 대한 저주와도 같은 개인의 허물을 다수의 조작된 망상, 실제이나 실제가 아닌 흙오이로 바꾸어 다시는 떠오르지 않도록 흙 속에 파묻는 일이었다.

누군가는 일반인 신분으로 뉴스 인터뷰를 했다가 자막과 함께 캡처되어 10년이 넘도록 조롱의 대상이 되었다. 그 한 장면 때문에 면접에서 불이익을 겪었으며 정상적인 사회생활을 할 수 없다고 했다. 루저남이라거나 루저녀라는 식의 부당한 별칭으로 불리며 대중에게 하나의 밈으로 기억되는 사람은 수없이 많았다. 이미 퍼질 대로 퍼진 밈을 완전히 지울 수는 없겠지만 눈에 띄는 물증만이라도 없애면 사람들은 그것이 실제로 있었던 일이 아니라 자신들의 착각, 기억의 오류라고 생각할 수도 있는 법이었다. 그런 식으로 원치 않았던 과거에 발목 잡힌 사람들, 사이버 폭력을 당한 뒤 현실의 삶마저 뒤틀린 사람들을 위해 꼭 필요한 일을 하는 거라고, 마태공은 사업의 공익성을 강조했다.

의도는 선할지라도 '더 빨래'에서 실제로 하는 일까지는 선하고 윤리적인 건 아니었다. 결국 회사의 수익을 올려주는 건 피해자보다 가해자였다. 익명성을 이용해 인터넷에 몰래 찍은 영상을 올리고, 타인의 사생활을 노출시키고, 소문을 만들어 퍼뜨리고, 악성 댓글을 달고, 스토킹을 하고, 위협을 가한 사람들, 고소와 고발 위기에 처한 사람들이 자신의 행적을 지워달라고 요청해 왔다. 처음 마태공의 목적대로라면 정당하지 못한 수임은 거부해야 했지만 사무실의 월세를 지불하고 많지는 않지만 근근이 살아가도록 해주는 월급을 챙겨주는 건 결국 그런 일들이었다.

최근 가장 좋은 수익 건은 아이돌 데뷔 조 연습생들의 문제가 될 만한 과거 온라인 기록을 찾아달라는 연예 기획사의 의뢰였다. 이미 데뷔한 아이돌이나 연예인들이 학교폭력이나 문란한 사생활 등으로 대중의 비난을 받고 활동을 접는 일이 드물지 않게 일어날 때였다. 데뷔 전에 논란이 될 만한 전력이 있는 아이들은 거르고, 그 정도는 아니지만 혹시라도 문제가 될 만한 흔적이 남아 있는 경우에는 애초에 뿌리를 뽑고 시작하겠다는 의도였다. 활동 중인 연예인에게서도 흑역사로 여겨지는 사진이나 방송에서 실수한 자료들, 혐오 사이트에서 활동하거나 악플을 달거나 불법 영상물을 업로드하고 소비한 기록들을 말끔히 삭제해달라는 의뢰가 오기도 했다.

공공의 선에 부합하지 않는 의뢰라 해도 거절할 명분이 없었다. 아니, 명분은 있었으나 거절할 수 없었다. 처음 의도는 선한 의지에서 비롯된 게 맞았다. 그 마음은 분명 변함없었으나 세세한 실천과 수단마저 매번 정의로울 수는 없었다. 우식과 마태공에게는 절차에 맞게 의뢰해 온 일을 받아 그것을 성실히 이행함으로써 생계를 유지하는 것, 그것이 어떤 의미에서는 최선의 선이었다.

다만 둘은 그렇게 번 돈으로 회사를 유지하면서 경제적으로 어렵거나 누구에게도 말 못 할 흔적을 지우고 싶어 하는 미성년자들을 무상으로 돕기도 했다. 가해자도 돕고 피해자도 돕는다. 결국은 제로섬 게임이 아닌가 싶었으나, 면피를 위한 변명일지 몰라도 마태공은 이렇게 주장했다. 가해자를 도울 때 그로 인한 피해자들의 피해 역시 지우므로 이는 의미 있는 일이라고. 피해자가 미처 몰랐던 피해 사실을 파악하고, 피해자가 돈 쓰는 일 없이 가해자가 내는 비싼 수임료만으로 피해 기록까지 지운다면 이 역시 다른 의미의 정의일 수 있다는 논리였다.

그것이 단순히 허울 좋은 핑계가 아니길 우식은 바랐다. 아주 소소하더라도 자신이 오염된 세계의 얼룩을 지우는 일에 종사한다는 믿음, 그것만으로 우식은 하루를 살아갈 힘을 얻을 수 있었다. 그것이 우식이 마태공이 없는 동안에도 사이트를 홍보하고, 의뢰를 받고, 의뢰받지 않았더라도 피해자를 발견하면 조심스레 디지털 세탁 작업을 진행한 이유였다.

누구에게도 타인을 함부로 단죄할 권리는 없다. 익명에 숨어 타인의 사생활을 함부로 노출해서는 안 된다. 더구나 자신의 의지도 아닌 타인의 무책임한 장난, 혹은 잔인한 사이버 폭력에 미래를 저당 잡혀서는 안 되는 것이다.

우식에게도 어린 조기준처럼 누군가가 자신을 구하러 와주기를, 천년여왕 같은 구원자가 나타나 자신을 데려가 주기를 꿈꾸던 시절이 있었다. 아버지와 형의 구타에 시달리던 어린 시절엔 자신이 잘못 태어난, 축복받지 못한 저주받은 아이라고 생각했다. 그것이 조기준의 이야기가 자신의 이야기처럼 읽힌 이유인지도 몰랐다.

챕터 1을 본 후 우식은 조기준과 관련된 정보를 찾아보았다. 그는 현재 '벙커 1983'이라는 방 탈출 카페를 운영 중이었다. 자신의 비극적 서사를 모티브로 한 테마 카페였다.

그런데 그 외에는 조기준에 관한 어떤 정보도 검색되지 않았다. 너무 오래되어 묻혔거나 조기준이 모든 자료를 지워버린 걸 수도 있었다. 우식은 그 마음을 충분히 이해했다.

그렇다면 그는 왜 휴먼북을 통해 자신의 비극을 다시 사람들에게 들려주려는 걸까. 왜 40년 전의 흙오이를 다시 캐내어 세상을 향해 흔들까. 그것은 지금 그에게 어떤 의미일까.

우식은 이틀 전 받은 휴먼북 라이브러리의 알림을 다시 확인했다.《휴먼북 조기준》챕터 2를 열람하겠느냐는 광고 메시지였다. 날짜를 선택하고 비대면으로 열람하기를 누르자 그날 밤 예약이 수락되었다는 알림이 왔다.

지금 열람하시겠습니까?

yes □ no □

우식은 예스와 노가 떠 있는 팝업 창을 잠시 노려보다가 그중 한 버튼을 눌렀다.

챕터 2

벽장 밖의 소년, 1984년 봄

안가에서는 할 수 있는 일이 많지 않았다. 낮에는 주로 서재에서 책을 읽었다. 안가에는 책이 많았고 안나는 소년이 책 읽는 모습을 좋아했다. 봄이 되자 안나는 소년을 서재로 데려가 읽어야 할 책들을 꺼내주었다. 전쟁이 일어나지 않았더라면 학교에 입학할 나이였다. 소년은 학교는 다닐 수 없지만 전쟁이 끝난 뒤 세계를 재건하는 데 도움이 되기 위해서는 책을 많이 읽어야 했다.

소년은《쌍무지개 뜨는 언덕》도,《언덕 위의 파란집》도,《명탐정 제시》도 읽었다.《허클베리 핀의 모험》과《플랜더스의 개》와《소공녀》까지 읽고 나자 더 이상 읽을 것이 없었다. 서재에는 아동 명작 동화도 있었지만 소년이 이해할 수 없는 어른들을 위한 책이 훨씬 더 많았다. 소년은 그 책들은 어떨까 궁금했다. 그중 한 제목이 소년의 호기심을 자극했다. 《1984년》이라는 책이었다. 지은이는 조지 오웰, 지금이 1984년이니까 저 바깥의 모습을 그린 소설이겠다고 소년은 짐작했다.

"4월 어느 화창하고 쌀쌀한 날이었다. 벽시계가 13시를 가리켰다. 윈스턴 스미스는 쌀쌀한 바람을 피하려고 턱이 가슴팍에 닿을 정도로 몸을 움츠리고는 승리(勝利) 맨션의 유리문을 열고 재빨리 안으로 들어갔다. 그러나 그때 한바탕의 먼지바람이 그를 따라 안으로 들어왔다."

소리 내어 첫 문장을 읽어보았다. 무슨 소린지 알 수 없었다. 소년은 책을 덮고 다른 책을 펼쳤다. 역시 죄다 모르겠는 말뿐이었다. 빨리 크리스마스가 됐으면 좋겠다고 소년은 생각했다. 이제 겨우 4월이었지만 크리스마스 때까지 착하게 지내면 선물을 하나 주겠다고 안나가 약속했다. 전쟁 중에도 봄은 오듯이 크리스마스도 오는 모양이었다.

"뭐든 말해도 돼?"

"뭐든. 대신 구할 수 있는 걸로."

"어떻게 구하는데?"

안나는 잠시 고민하더니 대답했다.

"내 몫의 식량을 모아서 교환할 거야. 한 달 정도 아침을 굶으면 되겠지."

자신의 식량을 먹지 않고 모아서, 그걸로 감독관에게 소년이 원하는 선물로 교환해달라 부탁하겠다는 말이었다. 안나가 날 위해 그렇게까지 해준다니. 소년은 감동을 받았다. 앞으로 안나에게 더 충성해야겠다고 결심했다. 한참을 고민한 끝에 소년은 만화책을 받고 싶다고 했다. 만화책도 책은 책이니까 안나가 거절하지는 않을 것 같았다. 이때 소년이 말한 책이《천년여왕》이었다.

안가에 머물며 소년은 다른 건 아쉽지 않았지만 일요일 아침마다 텔레비전에서 방영되던 만화를 더 이상 보지 못하게 된 건 눈물 날 만큼 서운했다. 천년여왕은 어떻게 되었을까. 지구는, 지구는 아직 괜찮은 걸까? 전쟁 중이라도 감독관이 종종 오는 걸 보면 지구가 완전히 끝나지는 않은 것 같았다. 전쟁 때문에 만화의 결말을 보지 못한 게 아쉬울 따름이었다.

소년은 엄마와 아빠도 그리웠지만 안나 앞에서 그런 이야기는 하지 않았다. 안나도 엄마도 없고 아빠도 없다고 했다. 안나도 엄마도 그립고 아빠도 그리울 터였다. 그러나 안나는 말하곤 했다.

"나한텐 너뿐이야. 너만 있으면 돼."

그런 안나에게 엄마와 아빠를 그리워하는 티를 내는 건

안나에 대한 배신이었다.

“배신자는 어떻게 되는지 알지?”

안나는 질문하곤 했다.

“어떻게 되는데?”

“푹, 날카로운 창에 찔리지. 그러고는 살찐 배가 쩍 갈라진 돼지처럼 꾸엑꾸엑 듣기 싫은 울음소리를 내다가 죽게 돼.”

안나는 잔인한 이야기를 좋아했고, 그 이야기를 듣고 소년의 얼굴이 파랗게 질리는 걸 재밌어했다. 소년이 두려움에 떨면 꼭 끌어안고 물었다.

“나밖에 없지?”

그러면 소년은 대답했다.

“응, 안나밖에 없어.”

거짓말이 아니었다. 소년에게는 정말 안나밖에 없었다. 반면에 안나에게는 소년만 있지 않았다. 감독관도 있었다. 배신자는 안나였다. 살찐 배에 창이 꽂힌 돼지처럼 끄억끄억 울며 죽어가야 할 사람은 안나였다.

그날, 소년은 벽장 속에서 눈을 떴다. 어둠이 짙게 깔려 있었다. 이 정도 어둠이면 감독관이 돌아간 뒤일 터였다.

살짝 벽장문을 열고 바깥에 귀를 기울여보았다. 아무 소리도 들리지 않았다. 사방이 고요했다. 밖으로 나오니 밤의 어스름이 방 안에 내려앉아 사물과 공간의 경계를 둥글게 지웠다. 같은 공간, 같은 자리에 놓인 가구들이라도 오전과 오후, 어제와 오늘의 모습이 미묘하게 달랐다. 한 공간 안에서 봄과 여름, 그리고 가을과 겨울을 맞이하다 보면 작은 변화에도 민감해지기 마련이었다. 모든 것이 조금씩 변해가듯 자신도 그렇게 바뀌어갔다. 그러나 무엇을 위해서? 무엇이 되기 위해서? 소년은 손과 발이 조금씩 자라는 걸 느꼈지만 그것이 성장한다는 의미인지는 알 수 없었다.

소년은 어둠 속에서 거울 속 자신의 모습을 꼼꼼하게 들여다보았다. 안나는 그대로인데 왜 자신만 자라는지 알 수 없었다. 어쩌면 안나가 말한 대로 감염의 증상 중 하나인지도 몰랐다.

안나는 방에 있을까. 조용한 걸 보니 안나도 잠이 든 모양이었다. 감독관이 들렀다 간 날 밤이면 안나는 소년을 숨 막히도록 강하게 끌어안고 중얼거렸다.

"너는 날 떠나지 않을 거지?"

전쟁 바이러스에 감염되었는데 안나를 떠날 수 있을 리가 없었다. 전쟁 중이었다. 많은 사람이 죽어나갔고 바깥은 폐허가 되었다고 했다. 어린아이들은 바깥의 공기를 호흡하기만 해도 소년처럼 전쟁 바이러스에 감염돼 면역력이 약한 경우 즉사한다고 했다. 감독관은 어째서 괜찮은 걸까? 어른에게 이따위 바이러스는 아무것도 아닌 걸까? 그저 시간이 흐르기를 기다리면 되는 걸까? 그렇게 어른이 되면 전쟁 중인 세계에서도 죽지 않고 저 바깥의 엄혹한 세계를 견딜 면역성이 생기는 걸까? 감독관을 만나 물어보고 싶었으나 그런 일은 일어나지 않을 터였다. 감독관이 널 보면 즉시 사살하고 말 거야. 언젠가 들은 안나의 말을 소년은 명심했다.

잠에서 깬 소년은 안나의 품이 그리웠다. 감독관이 떠났으니 안나는 오늘도 소년을 꼭 안아줄 것이었다. 그때마다 소년은 그대로 안겨 있고 싶은 마음과 빨리 벗어나고 싶은 마음을 동시에 느꼈다.

"난 안 떠나. 내가 영원히 안나를 지켜줄 거야."

그렇게 말하면 그제야 안나는 소년을 놓아주었다. 그리고 말했다.

"그래, 네가 안나를 지켜줘. 네가 떠나면 난 죽고 말 거야. 살인자가 되고 싶은 건 아니지?"

물론이었다. 살인자가 되고 싶지 않았다. 안나를 지켜

줄 사람은 나뿐이라고, 소년은 생각했다. 밖은 여전히 전쟁 중이었고 소년의 몸속에 전쟁 바이러스가 살고 있는 한 안나를 떠나는 일은 결코 없을 터였다.

벽장 속에 몸을 숨길 때마다 소년은 벽장을 열고 나오면 전쟁이 끝나 있기를 바랐다. 어딘가에 몸을 숨긴다는 건 그런 거였다. 내가 변화하지 않아도 내가 가만히 있는 동안 저 밖의 세계는 내가 원하는 대로, 혹은 내가 원하는 모습을 구체적으로 그릴 수 없더라도 지금과 같진 않은 모습으로 변해 있기를 꿈꾸는 것.

벽장에서는 많은 꿈을 꿀 수 있었다. 소년이 벽장을 좋아하는 이유는 그 안에서 나는 안나의 냄새 때문이기도 했다. 뺨을 스치는 부드러운 옷의 감촉도 좋았다. 소년이 특히 좋아한 건 안나의 녹색 원피스였다. 처음 봤을 때도 안나는 그 옷을 입고 있었다. 그 옷을 입은 안나는 태양 광선을 맨눈으로 볼 때처럼 눈부셔서 소년의 눈가에 어릿어릿 눈물이 맺혔었다.

소년은 안나의 녹색 원피스를 몰래 입어보았다. 안나에게는 무릎까지 오던 것이 치렁치렁 소년의 발등을 덮었다. 안나가 웃을 거야. 안나의 웃음을 보고 싶었다. 가끔 소년이 엉뚱한 행동을 하면 안나는 내 코미디언, 너는 내 작은 코미디언, 이라고 말하며 소리 높여 웃었다. 거기엔 안나가 자신을 내 작은 영웅이라고 부를 때만큼이나 애정이 담뿍 담겨 있어서 소년은 그 말이 언제나 듣기 좋았다.

녹색 원피스에 밧줄은 어울리지 않았다. 소년은 자신을 묶어두었던 매듭을 풀었다. 아무리 복잡한 매듭이어도 조금만 집중하면 금세 풀 수 있었다. 처음에 안나는 열쇠 없이는 풀 수 없는 자물쇠 달린 사슬로 소년을 묶어놓았다. 그러나 소년에게 목 끈을 풀 의지가 전혀 없다는 것을 확신한 뒤 부드러운 끈으로 바꿔주었다. 안나의 확신은 틀렸다. 소년이 생각할 때, 안나는 자신에게 길들여진 나머지 자신이 스스로 생각하고 계속 성장하는 인간이라는 사실을 종종 잊는 것 같았다. 어쩌면 소년보다 안나가 더, 소년이 완전히 통제되고 있다는 사실에 구속된지도 몰랐다.

물론 매듭을 풀 줄 안다는 건 안나에게는 비밀이었다. 안나가 풀어주러 오기 전, 소년은 다시 매듭을 원래의 형태로 묶어놓곤 했다. 안나는 매번 매듭의 형태를 바꾸었지만, 그 모든 매듭을 묶고 푸는 법을 소년은 바로 익혔다. 모든 꼬이고 묶인 것은 그 안에 스스로 풀릴 해결책을 품고 있었다. 매듭을 풀자 방 밖으로 나가고 싶어졌다. 소년은 방문의 손잡이를 돌려보았다. 돌아갔다. 안나는 요즘따라 조심성이 없었다. 방문 잠그는 걸 잊어버린 모양이었다. 완전히 통제되었다는 걸 보여줌으로써 소년은 조금씩 안나의 통제에서 벗어나고 있었다.

소년은 사락사락 바닥을 스치는 원피스 옷자락을 손으로 움켜쥐고 거실로 나갔다. 안나의 방문이 살짝 열려 있었다. 안나가 혹시 잠들어 있을까 봐 소년은 조심스레 열린 문틈으로 안을 들여다보았다. 그리고 소년은 안나의 침대 위에 있는 벌거벗은 남자의 등을 목격했다. 안나가 남자의 벗은 등을 손으로 감싸며 읊조렸다. 감독님.

감독관에게 들켜 사살당하지 않기 위해 소년은 소리를 죽인 채 겨우겨우 방으로 돌아왔다. 그러고는 벽장 속에 들어가 안나의 옷을 벗고 한참 숨을 골랐다. 한 시간이 지난 후에야 겨우 제 호흡을 찾을 수 있었다. 다시 목에 밧줄을 두르고 매듭을 묶으며 소년은 중얼거려보았다. 돼지 같은 ×. 어쩌다 그런 말을 알게 된 건지 알 수 없었다. 아빠에게 들었나? 엄마에게 들었나? 재미있는 동화인 줄 알고 펼쳤다가 덮은 《동물농장》이라는 책에서 배운 말인지도 몰랐다. 무슨 말인지도 몰랐지만 소년은 증오라는 감정을 알기도 전, 어디선가 배운 증오의 말을 침 뱉듯 내뱉었다. 돼지 같은 ×.

*

어른들의 책은 이해도 되지 않고 재미도 없었다. 심심할 때면 소년은 벽장에 숨어 안나 몰래 일기를 썼다. 안가에서의 하루는 대개 비슷했다. 그렇다고 매일 똑같은 일기를 쓸 수는 없었다. 그래서 소년은 주로 일어나지 않은 과거와 아직 일어나지 않은 미래에 대해 썼다. 어떻게 써야 할지 모를 때는 서재에 있는 책 중 아무거나 뽑아다가 첫 문장을 베껴 쓰곤 했다. 그러고 나면 그다음부터는 자신만의 일기를 이어나갈 수 있었다.

어느 날 소년은 서가를 뒤적이다가《이방인》이라는 소설을 발견했다. 책날개에 실린 작가의 얼굴이 마음에 들었다. 꼭 자신처럼 전쟁으로 감금된 사람의 표정 같아서 소년은 책의 내용이 더 궁금해졌다. 첫 문장만 읽어보았다.

"오늘, 엄마가 죽었다. 아니, 어쩌면 어제였을까."

이상하게 그 문장이 마음에 들어서 소년은 자꾸만 자꾸만 그 문장을 되풀이해서 읽었다. 슬프기도 하고 짜릿한 느낌이 들기도 했다. 소년은 그 문장을 일기에 옮겨 적기 시작했다. 그대로 적으면 일기가 아니니까 자신에게 맞게 조금 바꾸었다.

오늘, 안나가 죽었다. 아니, 어쩌면 어제.

그렇게 소년은 안나가 죽은 미래의 어느 날을 일기로 썼다. 상상만으로 눈물이 날 것 같았는데, 그런 비극적인 상상은 묘한 쾌감을 동반했다.

일어나지 않은 미래를 일기로 적는 것은 안가에서의 반복되는 하루, 새로운 일은 결코 일어나지 않는 평화롭고 지루한 생활을 풍요롭게 바꾸어주었다. 아무 일도 일어나지 않는 것보다는 나쁜 일, 예를 들면 안나가 죽는 것 같은 나쁜 일이라도 일어나는 편이 일기를 쓰기에는 더 좋았다. 마치 일기를 쓰기 위해서 나쁜 일이 생기기를 바라는 것 같기도 했다. 그때부터 소년은 비극이 주는 쾌락이 무엇인지를 깨달았다.

전쟁이 일어나지 않았더라면 지금 어떻게 지내고 있을까를 상상하며 소년은 내일의 일기를 적었다. 안가에서 나가 마흔이 넘은 자기 모습을 상상해보기도 했다. 감독관의 나이쯤이 되었을 때 나는 어떻게 지내고 있을까? 그때가 되면 나도 안나처럼 그런 짓을 할까? 그런 돼지 같은 짓을?

모르긴 몰라도 안나가 원해서 그런 돼지 같은 행동을 한 건 아니라는 생각이 들었다. 어쩌면 자신에게 크리스마스 선물을 사주려고 그랬는지도 모른다. 감독관. 돼지 같은 나쁜 놈. 그러나 소년이 할 수 있는 일은 없었다. 들키면 즉시 사살이었다.

매달 15일은 감독관이 오는 날이었다. 소년은 벽장 속에 숨어 감독관과 안나를 저주하기 시작했다. 또 그 돼지 같은 짓을 하겠지. 지난번에 본 모습이 자꾸만 떠올라서 소년은 환멸을 느꼈다. 환멸과 함께 그 모습을 다시 한번 보고 싶다는 욕구가 치솟았다. 위험하다는 걸 알고 있었다. 그런데도 자꾸만 호기심이 일었다. 소년은 살그머니 벽장문을 열었다. 조용했다. 조심만 하면 들키지 않을 수 있었다. 지난번에도 두 사람은 소년이 훔쳐본 걸 눈치 못 채지 않았던가.

주의할 필요는 있었다. 소년은 매듭을 풀고 안나의 블라우스를 입었다. 무릎까지 오는 원피스처럼 보였다. 벨트까지 매고 거울을 보니 밖에서 함께 놀던 여자아이들과 비슷했다. 자르지 않은 머리가 어느새 단발처럼 길어서 모르는 사람이 보면 여자아이로 착각할 법했다. 감독관에게 들키더라도 이런 차림새라면 전쟁 바이러스에 걸린 소년이라고는 생각지 못할 터였다. 소년병으로 잡아가지도 않을 터였다.

소년은 방문을 열고 조심스레 거실로 나갔다. 그러나 안나의 방문은 닫혀 있었다. 살그머니 다가가 문에 귀를 대 보았다. 감독관의 낮은 목소리가 들렸다. 방문을 열었다가는 바로 들킬 거였다. 대신 현관문이 열려 있었다. 괜찮은가, 전쟁 중에 저렇게 문을 열어놔도. 소년은 문으로 다가갔다. 문을 닫으려는데 바깥 공기가, 바람에 실린 꽃향기가, 봄날의 햇볕이 쨍하고 소년의 몸을 휘감았다. 전쟁 바이러스에 대한 두려움도 신선한 바깥 공기가 주는 유혹을 잠재우지 못했다.

어차피 다른 사람과 접촉만 안 하면 되는 거 아닌가. 아무도 모르게, 아무도 만나지 않고, 살짝만 나갔다 돌아오면 괜찮을 것 같았다. 솔직히 전쟁 바이러스가 다른 사람에게 감염되어 그 사람이 죽는다 해도 그건 소년이 알 바가 아니었다. 자신 역시 바이러스가 다 빠져나가면 죽을 터였지만 자신의 몸에서 전쟁 바이러스가 그리 쉽게 사라지지 않으리라는 것을 소년은 알고 있었다. 소년은 자신의 몸에 영원토록, 아무리 약을 먹어도 줄어들지 않을 강력한 전쟁 바이러스가 있다고 느꼈다. 감독관을 향한 분노, 안나를 사랑하는 만큼 그만한 크기로 커지는 증오심이 그 증거였다. 소년은 밖으로 나갔다. 그리고 그날, 자신만의 비밀기지를 발견했다.

3장

누구나 나가고 싶은 벽장은 있다

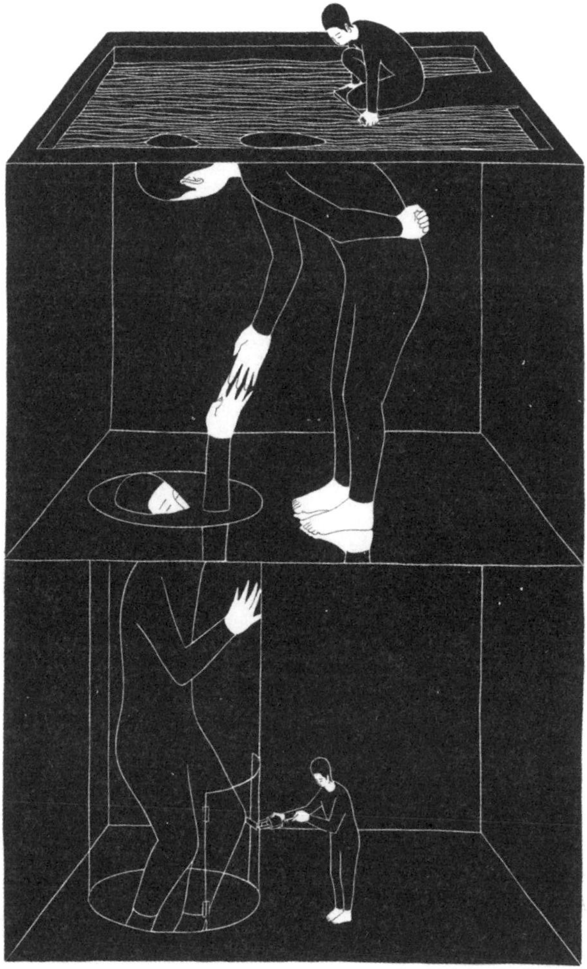

그날, 예약을 해놓았음에도 우식은 열람 버튼을 누르지 못했다. 아무리 비대면이어도 챕터 2부터는 카메라를 앞에 두고 1대 1 동시 접속으로 조기준을 만나야 한다는 사실에 부담감을 느껴서였다. 예약 시간에 버튼을 누르지 않자 페널티가 적용되어 금액의 10퍼센트를 차감한 상태로 열람이 자동 취소되었다. 그러나 다음 날, 50퍼센트 할인된 가격으로 재열람이 가능하다는 알림이 왔다. 예약 시간에 조기준이 녹화해둔 영상을 보는 방식이라고 했다. 그렇다면 안 볼 이유가 없었다. 열람료라고 해봤자 《휴먼북 조기준》의 경우에는 붕어빵 값도 안 되었던 것이다.

내 휴먼북의 가치는 얼마나 될까. 우식도 생각해본 적 있었지만 구체적으로 가격을 책정해볼수록 기분이 가라앉았다. 최저 시급도 안 되는 열람료를 받아봐야 휴먼북 개인에게 돌아가는 수익은 매우 적을 터였다. 그런 헐값에 자신의 인생을, 이야기를 사람들에게 들려주려는 이유는 뭘까. 살면서 깨달은 지혜를 공유함으로써 도움이 되고자 하는 이타적인 목적도 있을 테지만 자신의 삶이 누군가에게 읽힐 만한 가치가 있음을 인정받고 싶은 욕구가 더 클지도 몰랐다. 조기준이 원하는 건 무엇일까.

우식은 챕터 2를 통해 처음으로 조기준의 얼굴을 보았다. 그러나 그것을 봤다고 할 수 있을까. 챕터 1에서 내레이션의 형태로만 존재했던 조기준이 이번에는 카메라 앞에서 직접 말을 하고 있긴 했으나, 그는 방독면을 쓴 상태였다. 마스크 정도는 예상했지만 방독면이라니. 화생방 훈련 상황도 아닌데 방독면을 썼다면 그 모습이 유난하거나 기괴해 보여야 하는데 그렇지 않았다. 팬데믹은 기괴한 많은 일을 일상으로 수용하도록 사고 체계를 바꿔놓았다. 조기준도 자신처럼 낯선 사람에게 얼굴을 드러내는 일에 과도한 경계심을 느끼는 모양이라고 생각하니 안도감이 들기도 했다. 10년간 고립된 생활을 해왔다는 그의 체험담을 생각하면 충분히 이해가 갔다. 어쩌면 그는 최초의 열람자가 남긴 감상평대로 지금도 계속 스스로가 만든 벽장 속에서 격리생활을 하고 있는지 몰랐다. 그러니까 진정한 의미에서 그는 격리 전문가가 맞았다. 휴먼북을 통해 자신의 이야기를 들려주는 건 그만의 방 탈출 방식인 듯했다.

누구나 자기만의 어두운 벽장이 있다. 조기준을 보며 우식은 마태공의 경우를 떠올렸다. 끝나지 않는 마태공의 자가 격리가 다소 이상한 방식의 방 탈출 게임임을 알게 된 건 얼마 전이었다.

*

"사과드립니다. 부디 저의 사과를 받아주시기 바랍니다."

50대 중반으로 보이는 사내가 사과 트럭 위에서 큰 소리로 사과를 하며 절을 했다. 그가 내민 두 손에는 농담처럼 사과가 쥐어져 있었다. 엎드려 절하던 사내가 고개를 들었다. 마태공이었다.

격리 중이라던 마태공이 전국 사과 투어를 돌고 있다는 소식을 전해준 건 전 직장 동료인 손미영 씨였다. 변비 탓에 화장실에 앉아 있는데 손미영 씨에게서 문자가 왔다. 회사를 그만둔 후 처음 받은 연락이었다. 확인해보니 영상 주소와 함께 다음과 같은 말이 이어졌다.

마태공 기사님 영상 보셨어요? 혹시 마 기사님 왜 이러시는지 아세요?

링크를 눌러보니 마태공의 영상이 웃긴 게시물을 올리는 계정에 '#오늘의유머'라는 태그와 함께 공유되어 있었다. '특이점이 온 사과 장수'라는 제목의 짧은 영상 속에서 마태공은 파란 천이 덮인 과일 트럭 위에 서서 행인들을 향해 죄송하다고 소리치며 엎드려 절을 했다. 얼마나 외쳤는지 목소리가 다 갈라졌음에도 그는 죄송합니다! 잘못했습니다! 사과드립니다! 같은 말을 반복하며 오체투지를 하듯 자꾸만 절을 했다.

뭐가 죄송하다는 거래? 몰라, 벌칙 같은 건가. 웅얼거리는 사람들의 음성이 간간이 영상에 끼어들었다. 그가 무엇에 대해 사과하는지 그 짧은 영상으로는 알 수 없었다. 영상물에 달린 댓글 대부분이 그가 사과를 팔기 위해 호객 행위의 일종으로 거리 퍼포먼스를 한다는 추측이었다. 그러나 그 자리에 있었다는 목격자의 이야기는 달랐다. 마태공이 사과를 하며 사과를 받아주는 사람에게 감사 인사를 건네기는 했지만 돈을 받지는 않았다는 거였다.

이게 뭐람. 어이가 없어 실소가 터졌다. 사과 트럭을 몰고 다니며 사과를 하겠다고 사과를 내민다니. 우식이 마태공 때문에 소리 내어 웃은 것은 그때가 처음이었다. 우스워서가 아니라 알 수 없는 공감성 수치 때문에. 그날 밤 잠들기 전 우식은 자신이 웃은 것에 대해 부끄러움을 느끼고 다시 한번 영상을 틀었다. 처음 보았을 때처럼 이번에도 웃음이 터졌다. 진드기나 눈에 보이지 않는 작은 벌레가 손이 닿지 않거나 긁기 민망한 곳만 골라 간지럽히는 기분이었다. 자가 격리가 끝나고도 돌아오지 않더니 마태공은 무슨 짓을 하고 있는 걸까? 도대체 왜?

그날 이후 우식은 다양한 소셜 미디어를 통해 마태공의 근황을 쉽게 접할 수 있었다. 그의 사과 트럭은 경기도 화성을 시작으로 한 달 만에 해남 땅끝마을까지 내려가 있었다. 그의 이동 경로에 따라 영상에 달리는 댓글도 달라졌다. 처음에는 사과 장수가 이목을 끌 목적으로 일차원적인 이벤트를 한다, 재밌다 정도가 전부였다. 그러다 어느 순간부터 그의 사과 트럭이 머물렀던 지역 중 일부가 국가적 재난이나 비극적인 재해, 미결인 강력 범죄와 관련된 현장이거나 그 주변 지역이라는 이유를 들어 그가 전국을 떠돌며 자신만의 씻김굿을 한다는 의견이 나왔다. 물론 진지한 건 아니었고 그저 말 만들기 좋아하는 사람들이 우스개로 떠드는 정도였지만 그중에는 그의 행위가 1인 시위를 하듯 공동체의 비극에 대한 연대책임을 강조하고 개인의 각성과 반성을 촉구하는 퍼포먼스라는 꽤나 심오한 견해도 있었다.

마태공의 이동 경로가 어떤 죄의 현장과 겹치는 지점이 있다 해도 그건 우연일 터였다. 불행한 사건 사고와 무관한 평온의 땅이라는 건 애초에 없었다. 그럼에도 그가 수십 명의 목숨을 앗아간 대형 사고 현장에서 살아남은 유일한 생존자라는 소문마저 떠돌았다. 그가 생존에 대한 죄책감에 괴로워하다 스스로에게 주홍글씨를 새기고 공개적으로 돌팔매질을 당하기 위해 저렇게 사과 투어를 다닌다는 주장이었다.

이미 마태공의 본래 의도는 중요하지 않았다. 휩쓸리기 쉬운 대중은 마태공의 죄의식을 공유하며 그의 행위를 사과와 반성을 나누는 정화의 기회로 삼고자 했다. 규칙은 명확했다. 연루되지 않은 죄, 성가시도록 가벼운 죄에 대해서만 정의롭게 성찰하며 진짜 무거운 죄, 공모자의 죄는 뒤로 감추고 끝까지 들키지 않는 것이었다. 사람들은 법적으로 처벌받을 만한 큰 죄를 짓지 않았음에도 반성할 줄 아는 인간, 죄의식을 느끼며 타인의 비극에 인류애적 책임을 느끼는 양심적인 인간으로서의 자기에게 만족했다. 반성으로 마무리되는 집단적인 정화 의식은 중학교 수련회의 촛불 의식처럼 잠깐은 감동적이었다. 그러나 이내 부끄러움이 밀려왔다.

마태공의 전국 사과 투어에 대한 대중의 반응도 바뀌었다. 결정적인 사건이 있어서가 아니었다. 그냥 시간이 그렇게 만들었다. 구체적인 이유를 알 수 없는, 다짜고짜라고밖에 할 수 없는 마태공의 다수에 대한 반성과 사과는 지속되면 지속될수록 무차별적인 폭력으로 느껴질 수밖에 없었다. 어디선가 누군가가 굶고 다치고 죽어도 별다른 죄책감 없이, 반성과 사과 없이 일상을 유지하는 이들을 향한 소극적인 공격으로 보이기도 했다. 사람들은 말했다. 혼자만 양심적인 척은. 저런 걸로 도대체 무슨 죄를 용서받을 수 있다는 거람. 성가셔 죽겠네.

누구도 타인보다 자신의 죄의식이 약하다고 느끼며 껄끄러워지는 마음을 오래 이어가고 싶지는 않아 했다. 그리하여 사람들은 확실한 죄, 그가 그토록 오래 반복해서 공개적으로 반성하고 사과할 수밖에 없는 특정한 죄의 실체를 알아내고자 했다. 애초에 마태공과 평범한 자신들은 범해온 죄의 크기와 종류가 다르고, 그러므로 죄책감의 크기와 표출 방식도 다를 수밖에 없다는 위안을 얻기 위해서였다.

떠도는 말들 속에서 마태공의 죄는 점점 더 걷잡을 수 없이 부풀어 올랐다. 도대체 얼마나 많은 죄를 저질렀으면 부끄러운 줄도 모르고 저러고 다니는 걸까? 그니까 저 인간, 도대체 무슨 죄를 얼마나 저지른 거야? 알고 보면 개만도 못한 인간 아닐까?

처음 마태공 영상의 링크를 보내주었던 손미영 씨가 다시 연락을 취해 온 것도 그 무렵이었다.

변 기사님 혹시 마태공 기사님 말이에요, 무슨 안 좋은 일에 연루됐나요? 생각해보니 회사 갑자기 그만둘 때 집에 무슨 문제가 있다고 했던 것 같아서요.

조심스러운 물음이었으나 손미영 씨가 원하는 답도 다른 이들과 마찬가지로 마태공의 알려지지 않은 '명백한 죄'라는 걸 우식은 알 수 있었다. 마태공에 대해 우식이 아는 건 짐작에 불과한 정황뿐이었다. 어디까지 말해야 할지 알 수 없었고, 또 우식이 아는 게 진실인지, 그것이 정말 마태공이 이 이상한 사과 행위를 하는 이유인지도 확신할 수 없었다. 이 때문에 우식은 아무런 답장도 하지 못했다.

마태공이 저질렀을지 모르는 크고 작은 죄에 대한 불확실한 루머들은 이미 어떤 검증도 거치지 않은 채 댓글을 통해 널리 확산되었다. 마태공을 둘러싼 현상을 다룬 한 유튜버는 자신의 라이브 방송에서 이렇게 의견을 밝혔다.

"한마디로 지랄하고 있다, 이겁니다. 자기가 메시아도 아니고 유난 떠는 관심 종자 주제에 무슨 순교자라도 되는 양 혼자 고상한 척한다, 이거죠. 이 인간이 무슨 디지털 세탁소를 운영한다고 해서 제가 알아봤는데요. 더러운 짓을 한 사람들의 과거를 세탁해주는 일을 하더라, 이겁니다. 그래 놓고 전국 사과 투어라니. 죄를 저질렀으면 제대로 벌을 받아야지 무조건 일단 사과했으니 닥치고 용서해 달라니, 이게 폭력이 아니고 2차 가해가 아니면 뭐란 말입니까? 이런 식으로 사과 쇼나 하면서 반성하는 척하면 죄가 죄가 아니게 된답니까? 쓰레기는 쓰레기장에 버려야죠. 범죄를 세탁해서 멀쩡한 척 다시 우리 무리 속에 섞여 살게 하면 안 된다, 이 말입니다."

그래, 그렇게 생각할 수도 있었다. '더 빨래'의 설립 의도는 피해자 구제였지만 가해자의 지저분한 과거를 지워준 경우도 많았으니까. 사실 수로만 따지면 후자가 더 많기도 했다. 그러나 그들 중에는 진심으로 반성하는 사람도 있었다. 뉘우친 사람이 새로운 삶을 살도록 도와주는 것이 나쁜 가. 세상에 남은 더러운 흔적을 하나라도 더 지우는 것, 그것이 비록 죄를 지은 사람에게 면죄부를 주는 일일지라도 결국은 더 나은 세상을 만드는 일 아닌가. 그것이 마태공의 논리였다. 그러나 우식은 혼란을 느꼈다. 어쩌면 더러움은 더러움으로 남겨둔 채 강력한 처벌을 하고 인간은 빨아 쓸 수 없다는 말을 진리로 믿으며 죄를 죄로 박제해두는 것이 악의 재발을 막는 데, 정당한 사회를 만드는 데 더 도움이 되는 일인지도 몰랐다. 가해자가 반성하는 척하는 것, 가해해놓고 용서까지 바라는 것에 피해자들이 더 분노하고 힘들어하는 모습도 많이 보아왔다. 하지만 그렇다고 해서 끝까지 용서를 구하지 않은 채 가해자로 남는 것만이 정의인가. 우식은 그 어떤 판단도 내릴 수 없었다. 그리고 마태공이 어떤 의도로 전국 사과 투어를 시작했는지도 여전히 알 수 없었다.

수많은 루머와 악플에 시달리는 동안에도 마태공은 전국 사과 투어를 멈추지 않았다. 그는 왜 아무도 반기지 않는 사과, 실제로는 무해하지만 어떤 면에선 유해하기도 한 사과를 반복하는 걸까. 대중을 향해 분명한 사유도 밝히지 않고 반복해서 사과하는 행위가 과연 무엇을 바꿀 수 있는지, 혹은 무엇을 바꾸지 않을 수 있는지 우식은 알 수 없었다. 마태공 본인도 모르는 게 아닐까 의심스러웠다. 마태공 자신이라도 바꿀 수 있다면 그것으로 족한 걸까. 하지만 무엇을 바꿀 수 있단 말인가. 진심으로, 마태공은 저런 궁색한 보여주기식 사과를 통해 모든 죄가 사해지고 순결한 영혼으로 거듭날 수 있다고 순진하게 믿는 걸까? 그런데 모든 사과는 기본적으로 보여주는 사과가 아닌가? 보여주지 않는 사과가 무슨 의미가 있나? 드러내고 보여주지 않는 반성이?

"저의 사과는 그 무엇도 바꾸지 못할 겁니다. 네, 저는 어리석었습니다. 사과는 또 다른 오염을 만들어낼 뿐이었습니다. 그러는 동안 저는 다만 알게 됩니다. 한 점의 얼룩을 지우기 위해 제가 해야 하는 일이 무엇인지 말입니다."

뭐래. 영상을 찍은 사람의 짧은 감상 후로도 마태공의 넋두리 같은 고백은 조금 더 이어졌다. 마태공의 영상은 그게 마지막이었다. 전국 사과 투어가 실제로 끝났는지, 아니면 사람들이 더 이상 그의 영상을 올리지 않는 건지는 몰라도 그는 '더 빨래'에서 자취를 감추었듯 온라인상에서도 사라졌다.

마태공이 마지막 영상에서 사과 트럭에 파란 천을 씌우

며 한 말은 이것이었다.

“세상을 향해 사과하는 건 내가 나에게 하는 처음이자 마지막 기도 같은 것입니다.”

*

마태공이 직접 말한 적은 없지만 그가 왜 사명감을 가지고 디지털 세탁소를 시작했는지 우식은 알고 있었다. 중학생이던 딸이 불법 촬영의 피해자가 되어 학교를 자퇴하고 캐나다로 아내와 함께 유학을 갔다고 했다. 나중에야 피해자라던 딸이 가해자였음을 알게 되었는데, 고작 열여섯 살 된 아이가 어떻게 그렇게 ‘창의적으로’ 잔인할 수 있는지, 우식은 상상할 수 없었다. 마태공이 회사를 그만둔 건 결국 그 사건의 전말이 알려질까 두려워서였는지도 몰랐다. 도대체 어떤 부모 밑에서 자라면 저런 악행을 저지르게 되는 걸까, 부모가 어떤 인간이면 자식이 저런 괴물이 되나, 궁금해하는 시선들로부터 숨기 위해서.

마태공은 조용하고 근면 성실한 사람이었다. 그가 하는 나쁜 짓이라야 자판기 커피를 뽑아 마실 때 후배들에게 동전을 빌렸다가 잊고 갚지 않는 것, 빌린 700원짜리 라이터를 자기 것인 줄 알고 주머니에 넣는 것 정도였다. 악은 태어나는 걸까 성장하는 걸까. 가끔 우식은 궁금했다. 절대 악의 유전성은 얼마나 되는 걸까. 자신의 아이가 두렵고 혐오스러운 존재가 되었을 때 그것을 끝까지 감싸는 게 사랑인지 확실하게 단죄하는 게 사랑인지도 우식은 알 수 없었다. 우식에게 부모는 무조건적인 사랑을 주는 존재이기보다 처벌하고 단죄하는 존재에 가까웠다. 처벌과 단죄가 부모의 역할 중 하나인지는 몰라도 그 모든 행위가 사랑에서 비롯된 고민 끝에 내려진 최선의 선택이었다고는 지금도 믿지 않았다. 우식은 다만 마태공이 좋은 부모를 꿈꾸는 사람이었고, 최선의 선택을 하고 싶어 했고, 그랬기에 고민이 더 많았으리라는 것 정도는 짐작할 수 있었다.

우식은 마태공과 일을 하며 호기심에 몰래 그와 그의 딸을 둘러싼 온라인상의 의견들을 추적해본 적이 있었다. 피해자를 특정할 수 있는 정보와 딸의 가해 사실 관련 자료들은 모두 삭제되어 있었는데 한 가지 굵직한 의견은 남아 있었다. 기껏 중3이 그토록 잔인한 건 가정에서 지속적으로 받아온 심리적 학대 때문인지도 모른다는 내용이었다. 그중에는 아버지에 의한 가정 폭력이 의심된다는 근거 없는 주장이 있었고, 마태공의 딸이 가해자이지만 동시에 피해

자일 수 있다는 점에서 안타깝다는 시선도 있었다. 마태공이 지우려면 얼마든지 지울 수 있는 것들이었다.

그리고 우식은 알게 되었다. 마태공이 그것들을 일부러 지우지 않았으며 딸을 가정 폭력의 피해자 위치에 놓은 루머는 애초에 마태공이 의도적으로 퍼뜨린 거짓 정보라는 걸. 악행을 한 가해자에게 불행의 서사를 입혀 연민을 자아내는 것, 그것이 딸을 보호하기 위해 마태공이 선택한, 부모로서 행한 그만의 정의였다. 그가 캐나다로 간 아내와 이혼하고 딸과 연락을 끊은 것도 모든 것을 자신의 죄로 떠안기 위한 선택이었다. 그들이 과거를 끊어내고 다시 시작하기를 바라며 자기 혼자 과거 안에 남은 것이다. 그 선택의 옳고 그름은 우식이 판단할 문제가 아니었고, 어쩌면 마태공 자신조차 모를 터였다. 다만 그는 선택했을 뿐이다. 자기 안의 어떤 DNA, 악과 관련된 유전자가 딸에게 심겨 그런 식으로 발현되었다는 원죄 의식을 갖고도 계속 살아갈 방법을. 그게 죄책감을 더욱 키우는 방식이라 할지라도.

회사를 그만둔 마태공에게 연락을 받았을 때, 우식은 그와 관련된 한 가지 기억을 떠올렸다. 그는 수줍고 조용한 사람이었다. 떠들썩한 회식 자리에서 구석에 앉아 혼자 물 탄 소주를 여러 차례 나누어 마시며 끝까지 자리를 지키는 사람이었다. 그가 자리를 일찍 뜨지 않은 이유는 술자리를 즐겨서가 아니었다. 중간에 일어나서 한순간이라도 주목받는 걸 원치 않았을 뿐이었다. 마태공은 쉬는 시간이나 점심시간에 노트에 무언가를 끄적이곤 했는데 그게 만화임을 알게 된 누군가가 그를 '우리 화백님'이라고 놀렸다. 우식도 대기 번호표 뒷장에 그려진 그의 만화를 본 적이 있었다. 고슴도치인 주인공은 늘 자기 가시에 찔려 피가 맺힌 모습으로 무언가를 했다. 햇볕을 쬐거나 차를 마시거나 꽃향기를 맡는 일 같은 것을. 그래도 만화를 그린다고 해서 호기심을 품었는데 자기 가시에 찔리는 고슴도치는 너무 클리셰 아닌가 싶어 우식은 실망했다. 한번은 괜한 심술에 마태공이 없는 틈을 타서 지우개로 고슴도치의 몸에 돋은 가시와 핏방울을 지워버렸다. 그렇게 민둥하고 흐릿하고 몽글몽글한 선을 가진 말랑말랑한 고슴도치가 탄생했다. 우식이 화장실에서 돌아와 보니 마태공이 그 종이를 한참 들여다보고 있었다.

"이거 혹시?"

"네, 제가 심심해서 그만. 괜한 짓을 했죠?"

마태공은 고개를 저으며 힘없이 웃더니 그걸 접어 주머니에 넣었다. 그게 마태공과 사적으로 나눈 거의 유일한 대화였다. 퇴사한 마태공에게 한번 만나자는 연락이 왔을 때 우식은 어쩐지 그 그림이 떠올랐다. 종이를 접어 주머니에 넣던 그의 몸짓도. 어떤 사람은 하나의 몸짓으로 기억되기도 한다. 우식을 스쳐 지나간 몇 명의 사람들, 친구이거나 애인이거나 그 중간쯤의 어딘가에 잠시 머물렀던 사람들도 하나의 몸짓, 혹은 하나의 단어나 음률, 냄새로 기억됐다. 골목을 서성이던 수그린 어깨나 박하 향 담배 연기, 차가운 생김새와는 어울리지 않는 캐러멜 마키아토 취향 같은 것. 잘 지내, 같은 평범한 말을 건넬 때의 억양과 말끝의 물음표나 마침표, 말줄임표 같은 것들. 그리고 이제 마태공은 우식에게 사과를 내미는 모습, 용서를 구하는 몸짓으로 남았다.

사람에겐 누구나 나가고 싶은 자기만의 벽장이 있다. 마태공에게는 아마도 딸에 대한, 또 그 딸에게 피해 입은 피해자와 가족들에 대한 죄책감, 자신이 악을 낳았거나 길렀다는, 혹은 제 안의 악을 딸에게 물려주었다는 뿌리 깊은 죄의식이 결코 벗어날 수 없는 벽장이 되어 그를 가두고 있었을 것이다. 그래서 가족과 헤어지고 디지털 세탁소를 차리고, 그러고도 벗어날 수 없어 트럭으로 전국을 떠돌며 자기 안의 사과를 건네고 또 건넴으로써 벽장에서 탈출하려고 했던 게 아닐까.

그는 지금 어디쯤 도달해 있을까. 자신만의 어두운 방에서 벗어나긴 한 걸까. 그 파란 천의 사과 트럭은 그저 그의 또 다른 벽장이 된 건 아닌가. 탈출하려고 애쓰는 동안 그가 더 큰 벽장 속으로, 더 큰 소름 속으로 들어가버린 건 아닌가.

챕터 3

소름을 쫓는 소년, 1984년 여름

"소름이 끼쳤으면! 제발 소름이 좀 끼쳤으면!"

소년은 얼마 전 읽은 동화책 속 대사를 따라 하며 비밀 기지로 향했다. 《'소름'을 찾아 나선 소년》이라는 그림 동화였는데 소름을 찾아 집을 떠나 기이한 모험을 하는 소년이 주인공이었다. 소름이 뭐길래. 소년은 소름의 정체가 궁금했다. 그동안 감독관이 오는 날을 기다려 안나 몰래 집을 빠져나왔지만 자신이 집 밖에서 무얼 찾고자 하는지는 알지 못했다. 그러나 이제는 알 것 같았다. 그게 무엇이건, 그것을 한 단어로 표현한다면 '소름'이었다.

한여름의 햇볕은 뜨겁고 바람 한 점 없었다. 빨리 비밀 기지에 도착해 차가운 개울에 달궈진 몸을 담그고 싶었다. 소름이란 단어는 소년에게 시원하고 짜릿하게 목구멍을 넘어가는 사이다의 기포를 연상시켰다. 1년 전 딱 한 번 맛봤을 뿐이었지만 그 타는 느낌은 강렬한 기억을 남겼다. 그건 달콤한 고통이었다. 소년이 생각하는 소름이란 그런 거였다. 무더운 여름날 차가운 하드를 입안에 넣었을 때, 하드가 혀에 달라붙어 떨어지지 않는 그 차갑고 아린 감각. 아프고 차갑지만 또다시 즐기고 싶은 고통. 그건 땀에 젖은 몸으로 차가운 개울물에 뛰어들었을 때 느끼는 전율과도 비슷했다. 그날의 기억이 떠올랐다. 지난여름, 그 개울 속에서 느낀 게 아무래도 소름의 정체인 것 같았다. 그러나 확신은 없었다.

작년 봄 처음으로 집을 빠져나온 날, 소년은 자신만의 비밀기지로 삼을 장소를 찾기 시작했다. 1년 만에 밖에 나와서 기껏 한 일이 다시 몸을 은닉할 장소를 찾는 일이라는 게 아이러니했지만 적의 공습으로부터 피신할 곳이 필요했다. 처음으로 발견한 곳은 안가에서 산길을 따라 20분가량 걸어 내려온 지점에 버려진 토관이었다. 집을 지으려고 터를 닦아놓고 그만둔 건지 버려진 건축자재들이 쌓여 있는 공터에 둥근 토관 서너 개가 있었다. 토관은 전쟁이 일어나기 전, 소년이 준과 어울려 놀 때 자주 기지로 삼던 곳이었다. 웬일인지 마을의 공터에는 항상 토관이 서너 개씩 쌓여 있었는데 소년과 준은 어차피 안에 들어가면 다 똑같은 토관을 두고 서로 더 마음에 드는 위치의 토관을 차지하겠다고 다퉜다. 소년은 결국 준에게 가장 원했던 구석의 토관을 뺏겼으나 다른 토관 안쪽에 자신의 이름을 새겨 넣자 곧 그 토관이 가장 마음에 들게 되었다. 입구와 출구의 구분 없이 둥글게 열린 토관 안쪽에 몸을 숨기고 있을 때면 들키고 싶은 기분과 들키고 싶지 않은 기분이 동시에 느껴졌다. 위험한 장난을 해도 괜찮을 것 같았고, 완전히 괜찮지는 않을 것 같아서 위험한 장난이 더 하고 싶어지기도 했다.

준의 여동생 림과 손장난을 처음 한 것도 토관 안에서였다. 소년과 림은 서로의 몸에서 각기 다른 특징들을 찾아내어 보물찾기 지도에 가위표를 남기듯 색연필로 상대방의 몸에 표식을 남겼다. 림은 가져온 색연필로 토관 안쪽에 그림을 그리다가 소년의 몸에 아기 코끼리 덤보를 그려 넣기도 했다. 림이 제 몸에 그림을 그릴 때면 자꾸 졸음이 쏟아져서 소년은 토관 안에서 잠이 들었다. 잠에서 깨면 준도, 림도 보이지 않고 어두운 공터에 소년만 남겨져 있었다. 언제나 공터에 버려진 토관처럼 자신도 커다란 구멍을 안고 버려진 것 같았다. 소년은 숨바꼭질 놀이를 하다 혼자만 끝까지 들키지 않고 살아남은 사람인 양 행동했다. 아무도 없는 공터인데도 그랬다. 아무도 없을 때도 아무도 없는 건 아니었다. 늘 자기 자신은 목격자로 그곳에 있었다. 버려진 게 아니라 혼자 살아남은 것이다. 그렇게 목격되는 게 중요했다. 그럴 때면 토관은 완벽한 피난처이자 부활을 위한 열린 무덤이 되어주었다. 폐허가 된 지구를 떠나 라메탈 행성으로 출발할 우주선 같기도 했다.

안가에서 멀찌감치 떨어진 공터에서 토관을 발견했을 때, 소년은 다시 전쟁 전의 시간으로 되돌아간 듯한 반가움을 느꼈다. 이번엔 하나만 고를 필요도 없었다. 공터까지 오는 동안, 단 한 사람과도 마주치지 않았다. 주변에 사람이 사는 집도 보이지 않았다. 나와서 제대로 보니 안가는 숲속의 요새처럼 산속에 홀로 외떨어져 있었다. 왜 안나가 집 밖으로 나가 다른 사람과 접촉하면 안 된다고 신신당부했는지 의아할 정도로 사람의 기척이 없는 곳이었다. 어쩌면 다들 이미 죽어버린 건지도 몰랐다. 그러니 맘에 드는 토관을 서로 차지하겠다고 싸울 또래 아이가 있을 리 없었다. 토관 세 개 모두 온전히 소년의 차지였다.

소년은 첫 번째 토관 안에 들어가 둥근 굴곡에 맞춰 몸을 웅크리고 심호흡을 했다. 토관을 통과하는 바람이 상쾌했지만 왠지 예전처럼 편한 느낌은 아니었다. 그동안 소년의 몸이 자란 것을 소년은 깨닫지 못했다. 그 옆에 놓인 다른 토관 두 개에도 들어가봤지만 마찬가지였다. 어쩌면 자신만의 토관이라고 표식을 해놓지 않아서인지도 몰랐다. 그러나 주머니를 뒤져봐야 이름을 쓸 만한 연필이나 색연필이 나올 리 없었다. 소년은 건축자재들이 쌓인 곳을 둘러보다가 붉은 벽돌 조각을 발견했다. 깨진 부분으로 토관 안쪽에 자신의 이름을 적어 넣었다. 다른 두 개에는 준과 림의 이름을 적었다. 다시 자신의 토관에 돌아와 몸을 기대자 그제야 편안함이 조금 느껴졌다. 잊고 있던 준이 생각났다. 준도 전쟁 바이러스에 감염됐을까. 아니면 소년병이 되어 용감히 싸우고 있을까. 림은 또 어떻게 되었을까. 그 아이는 겁쟁이였다. 그 겁쟁이가 전쟁이 무섭다고 매일 울고 있는 건 아닐지 걱정되었다. 림은 또 말캉하고 보드라웠다. 오랜만에 집에 돌아온 아빠가 사 온 푸딩 같았다. 그러니 아마 금방 부서지고 짓밟히고 망가졌을 것이다. 겁쟁이는 그렇게 된다. 제일 먼저 죽는다. 겁쟁이니까 할 수 없다. 반면에 자신은 겁쟁이가 아니었다. 겁쟁이라면 전쟁 중에 이렇게 혼자 집 밖으로 나와 용감하게 모험을 하지는 못했을 것이다. 소년은 토관을 빠져나와 좀 더 아래까지 걸어가보기로 했다.

가끔 소년이 엄마와 아빠가 보고 싶어 울 때면 안나는 소년을 겁쟁이라고 불렀다. 엄마 아빠를 그리워하는 건 겁쟁이나 하는 짓이라는 거였다.

“넌 어떻게 널 학대한 사람들을 그리워할 수가 있니.”

소년은 기억하지 못했다. 그러면 안나는 소년의 잃어버린 기억을 떠올려주었다.

“기억나지 않니? 네가 어떻게 학대받았는지.”

소년이 고개를 저었다. 안나는 소년의 팔을 세게 움켜쥐었다. 날카로운 손톱이 소년의 여린 살을 파고들었다. 팔을 꼬집기도 했다. 소년이 아파서 비명을 지르면 그제야 놓아주며 말했다.

“넌 항상 팔과 다리가 멍들어 있었지. 그런 학대로부터 너를 구해준 게 나라는 걸 기억해.”

소년이 내려다본 자신의 팔에는 보랏빛 멍이 들어 있었다. 그것으로 소년은 자신을 학대한 엄마와 아빠를 기억해냈다. 안나는 소년이 기억을 잃을 것을 염려한 듯 반복해서 말했다.

“넌 엉망이었어. 학대로 정신도 몸도 완전히 망가져 있었지. 사이렌 소리가 난 그때 내가 널 숨겨주지 않았더라면 전쟁 때문이 아니라 네 부모 때문에 너는 죽고 말았을 거야."

안나가 그렇다고 하니까 그런 것 같았다. 엄마, 아빠와의 좋았던 일들이 기억날 때도 있었지만 그런 장면은 곧 옅어졌다. 안나의 말에 따라 엄마에게 종아리를 맞았던 일이 생각났다. 림에게 손장난 한 걸 들켜서 맞았던 것 같지만 어쨌든 맞은 건 사실이었다. 자신은 학대받은 아이였다. 안나가 그렇다면 그런 거였다. 소년은 두려움에 몸을 떨었다.

그런 날이면 안나는 소년이 자신과 함께 자는 걸 허락해주었다. 안나의 품은 따뜻하고 포근하고 그리고 감미로웠다. 세상의 가장 좋은 말들을 다 가져와 표현해도 모자랐다. 자주 안아주지 않기 때문에 더 특별했다. 그래서 소년은 자꾸만 학대의 기억을 떠올렸다. 기억은 필요에 의해 자꾸만 자꾸만 자라났다. 비극적인 기억이 안나의 따뜻한 품을 허락한다는 게 좋았다. 자신에게 비극적인 기억이 더욱 더 많으면 좋겠다고, 한없이 가지를 뻗으면 좋겠다고 소년은 생각했다. 책을 더 열심히 읽었다. 어떤 책에 자신의 불행한 과거를 상기시켜줄 이야기가 숨어 있을지 알 수 없었다. 그냥 여러 책을 닥치는 대로 읽었다. 읽다 보면 주인공이 계모에게 구박받는 이야기가 나오기도 했고, 고아로 자라나 고생한 이야기가 적혀 있기도 했다. 어릴 때 만화에서 본 비극적인 주인공의 에피소드도 문득문득 떠올랐다. 그러고 보니 자신은 참으로 불행한 아이였다. 전쟁이 일어나 안나를 만난 게 얼마나 다행인지 몰랐다. 모든 게 전쟁 덕이었다. 소년은 이 전쟁이 오래오래 지속되기를 바랐다.

그런데 이상하지. 세상은 전쟁 중인데 이곳은 왜 이리 조용할까. 소년은 하늘을 올려다보았다. 오랜만에 마주하는 햇빛에 눈이 멀 것 같았다. 눈이 부셔서 눈물을 찔끔 흘리며 소년은 재채기를 크게 했다. 따뜻한 봄날이었다. 파란 하늘에 흰 구름만 평화롭게 떠다녔다. 아무리 봐도 소년이 생각한 전쟁 중의 하늘이 아니었다. 소년은 전시의 하늘에서는 전투기와 폭격기가 날아다니며 무차별적으로 포탄이 떨어질 거라고 생각했다. 서울이 불바다가 되었다고 했다. 그런 소문을 들었다. 아무리 둘러봐도 주변에는 불바다의 흔적이 없었다. 오히려 꽃밭, 여기저기 색색의 꽃들이 만개한 꽃밭이 펼쳐져 있었다. 산길을 따라 노란 개나리와 분홍 진달래, 소년이 알지 못하는 희고 귀여운 꽃들이 지천으로 피어 있었다. 전쟁 중에도 꽃은 피는구나. 어쩌면 당연한 자연의 순환이, 전쟁 중에도 봄이 오고 꽃이 핀다는 사실이, 소년에게는 경이로운 기적처럼 여겨졌다. 총알 대신 흰 꽃가루가 바람에 이리저리 날렸다. 저런 건가. 소년은 생각했다. 안나는 소년이 바깥 공기와 닿으면 몸에 있는 전쟁 바이러스가 퍼져 나가 10미터, 100미터 밖의 사람도 감염시킬 거라고 했다. 보이지 않지만 제 몸속의 바이러스도 지금 저렇게 꽃가루처럼 공기 중에 퍼져 나가는지도 몰랐다. 그제야 다시금 경각심이 들었다. 그러나 그냥 이대로 집으로 돌아가기엔 너무 아쉬웠다. 감독관은 해가 질 때까지 집을 떠나지 않을 것이고 해가 지려면 아직 한참은 더 있어야 했다.

사람이 오가는 다듬어진 길이 아니어서 소년은 뒤엉킨 나뭇가지를 헤치고 나아가야 했다. 혹시라도 길을 잃지 않기 위해 소년은 챙겨두었던 붉은 벽돌 조각으로 지나는 나무마다 별 모양의 표식을 남겨두었다. 헨젤과 그레텔 이야기에서 떠올린 아이디어였다. 덤불이 우거진 숲길을 걷다 보니 입고 나온 안나의 블라우스가 구겨지고 얼룩졌다. 아무래도 안나가 못 보게 숨겨두어야 할 것 같았다. 안나가 더러워진 옷을 발견하고 물으면 뭐라고 변명해야 할까. 데비의 짓이라고 해야지. 가끔 집에서 컵을 깨거나 옷에 음식을 흘렸을 때면 소년은 데비의 짓이라고 했다. 말로 내뱉는 순간, 소년은 자신이 말한 것을 믿게 됐다. 자신은 착한 소년이었다. 잘못한 건 모두 심술궂은 데비의 장난이었다. 그러면 안나는 소년의 거짓말을 혼내느라 조심성 없이 컵을 깨거나 옷을 더럽힌 잘못을 지적하는 일을 잊었다.

소년이 조심스레 옷을 거머쥐고 나아가는데 무언가 후다닥, 소년의 곁을 스치고 숲속으로 사라졌다. 소년은 깜짝 놀라 그 자리에 주저앉고 말았다. 다람쥐인가? 쥐인지도 몰랐다. 쥐라면, 혹시 내게서 나온 건가? 소년은 새삼 두려워지기 시작했다. 안나의 말이 맞았다. 집 밖은 위험하다. 바깥은 소년의 전쟁 바이러스를 활성화시켜 공기 중에 퍼지게 만든다. 언젠가 안나가 흑사병으로 죽어간 사람들의 이야기를 읽어준 적이 있었다. 사람들이 떼로 죽어갔다고 했다. 부모가, 남편과 아내가, 형제와 자식과 이웃이 피를 토하며 죽었다. 매일 아침 시체 수거차가 송장을 거두어 갔다. 인구의 절반이 사라졌다. 안나가 보여준 그림에는 검은색으로 죽어간 사람들의 더미가 있었다. 그리고 소년의 몸속 전쟁 바이러스 역시 그런 전염성을 갖고 있다고 안나는 경고했다.

그 끔찍한 흑사병을 옮긴 건 쥐였다. 더러운 쥐. 그러니까 자신의 몸에도 그런 더러운 쥐가 한 마리가 아니라 수십 마리, 수백 마리 살고 있는 거나 마찬가지였다. 가끔 소년은 자신의 몸 안에 있는 더러운 쥐가 서로 뒤엉켜 밖으로 뛰쳐나오려고 발버둥 치는 느낌에 자다가 깜짝 놀라 깨기도 했다. 자는 동안 자신의 눈과 코, 귀와 입, 몸 안의 모든 구멍에서 더러운 쥐가 슬금슬금 기어 나오는 꿈을 꾸고는 울면서 깬 적도 있다. 그러면 눈을 질끈 감고 코를 휴지로 틀어막고 입을 굳게 다물고 귀를 두 손으로 막았다. 그것도 아주 잠시뿐이었다. 숨을 쉴 수 없어 이내 입을 열고 휴지를 빼내야 했다. 무서워 잠들 수 없는 밤이면 소년은 안나의 침대로 향했다. 쥐새끼같이 또 기어 들어왔구나. 안나가 잠결에 소년을 품에 안으며 말했다. 안나의 쥐새끼가 되는 건 좋았다. 안나의 품에서는 쥐들도 더 이상 소란을 떨며 발광하지 않고 잠이 들었다. 몸 안의 쥐들이 잠잠해진 후에야 소년은 다시 잠들 수 있었다. 이대로 돌아가 안나의 품에서 잠들고 싶었다. 그러나 지금 돌아가도 안나의 품은 자신의 것이 아니었다. 안나의 품에는 감독관이 있을 터였다. 돼지같이 엉켜 있겠지. 더러운 돼지들같이. 만화에서 본 붉은 돼지의 얼굴에 감독관의 얼굴이 겹쳤다. 붉은 돼지는 똘이 장군이 무찔러야 하는 적이었다. 배때기를 가르고 창자를 꺼내 먹어야 할 돼지 새끼들. 어디선가 들었던 증오의 말이 아무렇지 않게 소년의 입에서 튀어나왔다.

소년은 새삼 솟구치는 분노와 적개심으로 다시 길을 걷기 시작했다. 흰 보푸라기 같은 꽃가루가 바람에 날렸다. 소년은 재채기를 했다. 몸 안의 전쟁 바이러스가 빠져나가고 있다고, 소년은 생각했다. 눈에 보이지는 않지만 몸에서 나온 더러운 바이러스가 흰 꽃가루처럼 자신의 몸 주위를 떠도는 광경을 상상했다. 두려웠다. 자신 때문에 누군가 죽을 수도 있다는 상상이, 자신에게 열 명, 백 명, 수천 명의 사람을 책 속에서 본 흑사병에 죽어간 그 사람들의 모습으로 죽일 강력한 바이러스가 있다는 사실이 소년은 두려웠다. 한편으로는 어떤 위대함을 느꼈다. 자신에게 그런 강력한 힘이 있다는 사실이 자랑스럽기도 했다. 두렵지만 두렵지 않았다. 나는 겁쟁이가 아니야. 겁쟁이는 되지 않겠어. 중얼거리며 소년은 계속 걸어갔다. 소년은 자신의 안에서 무언가가 커지는 것을 느꼈는데, 그것이 겁은 아니었다. 다행이었다. 자신은 겁쟁이가 아니었다. 죽는 건 겁쟁이들뿐이다. 그러나 소년은 자신이 겁쟁이보다 더 나쁜 어떤 것, 그것이 뭔지는 모르겠지만 어쨌거나 다른 사람을 겁주는 더 나쁜 어떤 것이 된 것 같아 알 수 없는 한기를 느꼈다. 불길함을 떨쳐내기 위해 소년은 재빨리 퉤퉤퉤 침을 세 번 뱉고 제자리에서 발을 세 번 굴렀다.

갑자기 어디선가 사이렌 소리가 울렸다. 그래, 어쩐지 전쟁 중인데 너무 고요하다고 생각했다. 공습을 알리는 소리인지도 몰랐다. 소년은 금세 하늘을 빽빽하게 메운 전투기가 자신을 향해 무차별적으로 포탄을 떨어뜨리는 상상을 했다. 어디든 피할 곳이 있어야 했다. 그때 산 아래쪽에 폭이 좁은 개울가를 가로지르는 볼품없는 콘크리트 다리가 눈에 띄었다. 그 아래에 아이 두세 명 정도가 숨어 있을 만한 그늘진 틈새가 있었다. 소년은 재빨리 그 틈새로 뛰어들어갔다. 다리 밑은 축축하고 서늘했다. 돌의 틈새에 물이끼가 끼어 조금 미끄러웠지만 안쪽으로 바짝 당겨 앉으면 안전했다. 개울은 깊지 않았으나 맑은 물에 비치는 울퉁불퉁한 바위들이 꽤 위험해 보였다. 조용히 흘러가는 물결을 가만히 내려다보고 있자니 지금이 전시라는 사실이 다 거짓말처럼 여겨졌다. 어쩐지 눈물이 날 것처럼 마음이 편안해지며 무언가가 그리워졌다. 그날 이후, 그곳은 소년의 비밀기지가 되었다. 감독관이 오는 날이면 소년은 사람들과 마주치지 않도록 산길을 가로질러 다리 밑으로 갔다. 그리고 그해 여름, 그곳에서 그 여자아이를 만났다.

*

오늘처럼 더운 날이었다. 다리까지 오는 동안 온몸이

땀에 흠뻑 젖었다. 다리 밑에서 잠시 숨을 골랐다. 햇빛은 피할 수 있었지만 무더위는 여전했다. 바람 한 점 불지 않는 날이었다. 개울물은 시원해 보였다. 그다지 깊어 보이지도 않았다. 소년은 꺾은 나뭇가지를 물에 넣어 수심을 가늠해보았다. 자신의 키보다 얕았다. 수영은 할 줄 몰랐지만 물살도 거세지 않아 물에 휩쓸릴 염려는 없는 듯했다. 소년은 땀에 젖은 옷을 바위 위에 널어놓고 조심스레 물속으로 들어갔다. 똑바로 서도 물은 소년의 어깨까지밖에 오지 않았다. 소년은 물속에서 자맥질을 했다. 얼음처럼 차가운 물에 바이러스가 다 씻겨져 나갈 것 같았다. 물속에 얼굴을 담그고 숫자를 셌다. 하나, 둘, 셋, 넷, 다섯, 여섯, 일곱. 일곱까지 센 후 소년은 고개를 들었다. 다리 건너편에 얼핏 사람의 그림자가 비치는 듯했다. 깜짝 놀란 소년은 다시 물속에 고개를 박고 몸을 숨긴 채 애국가를 외우기 시작했다. 무언가를 참거나 견딜 때는 애국가 가사나 국기에 대한 맹세문을 외우는 게 가장 효과가 좋았다. 동해 물과 백두산이 마르고 닳도록 하느님이 보우하사 우리나라 만세. 그러나 물속에서 애국가를 외우는 데는 한계가 있었다. 2절까지가 최선이었다. 소년은 다시 고개를 내밀고 참았던 숨을 거칠게 내쉬며 다리 건너편을 살폈다. 아무도 보이지 않았다. 다행이었다. 지나가는 산짐승을 사람으로 착각했거나, 사람이었더라도 다리 저편으로 사라진 모양이었다. 유령이었는지도 몰랐다. 차라리 유령이었으면. 소년은 생각했다. 소년이 가장 만나기 싫은 건 유령이 아니라 사람이었다. 사람이 제일 무서웠다. 소년이 안심하고 물 밖으로 나오려는데 머리 위에서 목소리가 들렸다.

"너 거기서 뭐 하니?"

여자아이였다. 언제 여기까지 왔는지 교각 위에 한 여자아이가 서서 아래를 내려다보고 있었다. 유령이었으면. 제발 유령이었으면. 하지만 아무리 봐도 여자아이는 유령이 아니었다. 분명한 사람이었다. 소년은 대답하지 않았다. 곧바로 도망가고 싶었지만 교각 밑 바위에 소년이 벗어놓은 옷이 있었다. 옷을 입으려면 물 밖으로 나가야 하고 물 밖으로 나가면 여자아이에게 자신의 벗은 몸을 보여야 했다. 게다가 교각 바로 아래에서 벗어나면 또 다른 누군가의 눈에 띌지도 몰랐다. 여자아이가 이곳까지 접근할 수 있었다면 근처에 다른 어른이 있을 수도 있었다. 소년이 어른들의 눈에 띄면 바로 사살당하거나 소년병으로 끌려갈 터였다.

"뭐 하냐고. 나랑 같이 안 놀래?"

천진한 얼굴로 여자아이가 또 물었다. 소년은 물속에

몸을 숨긴 채 여자아이를 관찰했다. 저렇게 작은 여자아이라면 최소한 자신이 죽을 위험은 없었다. 위험한 건 여자아이였다. 여자아이는 죽을 것이었다. 단지 자신과 가까이 있었다는 이유로. 전쟁 바이러스에 감염되어 피를 토하며 쓰러지는 여자아이를 소년은 너무나 쉽게 그려볼 수 있었다. 처음 보는 여자아이인데. 이름도 모르는 아이인데. 그러니까 전쟁 중에는 함부로 나다니면 안 된다. 어떤 위험과 맞닥뜨릴지 알 수 없는 것이다. 여자아이는 사이렌 소리도 듣지 못한 걸까. 전쟁 중인데 왜 숨어 있지 않고 밖에 나온 걸까. 결국 이렇게 자신과 만나 죽게 될 것을. 죽어버리게 될 것을. 위험도 모르고. 위험한 줄도 모르고.

소년은 다시 물속에 몸을 최대한으로 숨겼다. 몸속의 전쟁 바이러스가 물에 풀려나갈 순 있겠지만, 공기 중으로 퍼지는 건 조금 막아줄지도 몰랐다. 아닌가? 이미 늦었나? 어쩌면 빨리 도망가면 괜찮지 않을까.

"저리 가!"

소년이 소리쳤다. 여자아이는 듣지 못한 것 같았다.

"뭐라고?"

"저리 가라고! 빨리!"

여자아이는 지금 자신이 얼마나 위험한 상황에 처했는

지 조금도 모르는 것 같았다.

"왜? 같이 놀면 안 되니? 나 심심한데."

"넌 무섭지도 않니?"

"뭐가?"

"전쟁이."

"무슨 소리야?"

"전쟁 중인데 왜 숨어 있지 않고 돌아다니느냐고!"

"뭐야, 너 전쟁놀이 하는 거야? 혼자서? 그럼 나랑 같이 해. 내려가도 되니?"

다리 위에서 여자아이가 소년을 내려다보며 말했다. 여자아이는 곧 떨어질 것처럼 위태해 보였다.

"내려오지 마!"

전쟁 바이러스가 닿는 거리가 어느 정도인지 소년은 가늠할 수 없었다. 다리와 개울까지의 거리라면 여자아이는 안전할 수도 있다. 그러나 여자아이가 다리 밑으로 내려오면 너무 가까워진다. 그 정도의 거리라면 틀림없이 여자아이는 감염되고 만다.

"왜? 같이 놀고 싶은데."

"너…… 죽고 싶은 거야?"

"그게 무슨 소리야?"

"여기 내려오면 넌 죽게 된다고. 죽고 말 거라고."

여자아이가 어리둥절한 얼굴로 소년을 보았다.

"난 네가 무슨 말을 하는지 모르겠어."

"빨리 도망가지 않으면 네가 죽을 거라고. 나 때문에. 제발 저리 가."

이제 소년은 울먹이기 시작했다. 자신은 겁쟁이가 아닌데 자꾸 눈물이 났다. 소년이 울자 여자아이는 놀란 것 같았다.

"울지 마."

"넌 죽어. 넌 죽어. 나 때문에 넌 죽어."

"난 죽지 않아."

"아니야, 넌 죽을 거야. 나 때문에. 나와 마주친 것 때문에."

"난 이렇게 멀쩡한데 넌 왜 자꾸 죽는다는 소리를 하니? 난 안 죽어."

여자아이가 용감하게 소리쳤다.

"넌 죽어. 한 달 후, 두 달 후, 결국 죽게 될 거야. 난 살인자가 될 거야. 너 때문에."

소년은 큰 소리로 울었다. 소년의 울음소리가 커지자 마침내 여자아이도 울먹였다.

"넌 무서운 소리만 하는구나. 나랑 놀기 싫으면 싫다고 하지 이상한 소리만 하네. 재미없어. 난 갈 거야."

여자아이가 다리를 건너 멀어지는 소리가 들렸다. 소년은 그 자리에서 한참을 더 울었다. 한번 울기 시작하자 눈물이 쉽게 멈추지 않았다. 다리를 다 건넌 여자아이가 그쪽에서 소리쳤다.

"난 안 죽을 거야. 내일도 모레도 난 다시 이곳에 놀러 올 거야. 내가 죽지 않았다는 걸 보여줄게. 그러면 그때는 같이 놀자."

물에 얼굴을 담그고 남은 눈물 자국을 닦아내고 보니 여자아이는 사라지고 없었다. 여자아이는 죽을 거야. 나 때문에. 안나의 말이 맞았다. 집에 있어야 했다. 밖에 나오는 게 아니었다. 그건 여자아이도 마찬가지였다. 다시 사이렌이 울렸다. 공습이 끝난 모양이었다. 소년은 집으로 돌아갔다. 주차장에는 여전히 감독관의 차가 있었다. 소년은 쥐새끼처럼 조용히 집으로 들어가 벽장 속에 숨었다. 그날 밤 소년은 꿈을 꿨다. 자기 몸에서 나온 쥐 수십 마리가 여자아이를 물어뜯는 꿈이었다. 여자아이는 온몸을 물어뜯긴 채 검은 피를 토하며 창백하게 죽어갔다.

한 달 후 감독관이 왔을 때, 소년은 궁금증을 참을 수 없었다. 여자아이는 다시 올 거라고 했다. 자기가 또 나타나면 그때는 같이 놀자고 했다. 여자아이는 어떻게 되었을까. 정말 죽었을까? 아니면 죽지 않고 비밀기지에 다시 놀러 왔을까? 소년은 교각 밑에 숨어서 계속 기다렸다. 여자아이는 오지 않았다. 죽은 거야. 결국 죽어버린 거야. 나 때문에. 한참을 울고 나니 뭔가 정화된 기분이었다. 사라진 여자아이와 함께 자기 안의 전쟁 바이러스가 조금쯤 죽어버린 듯도 했다. 소년은 개운해진 마음으로 바닥에 누웠다. 등이 배겼다. 안쪽 돌벽에 쌓여 있는 풀 무더기를 가져다 깔면 조금 나을 것 같았다. 그러고 보니 전에 왔을 때는 못 본 거였다. 소년은 풀 무더기를 들춰보았다. 작은 상자의 겉에 울보 소년에게, 라고 적혀 있었다. 소년이 상자를 열었다. 그 안에는 칠성사이다 한 캔과 별 사탕이 든 건빵 한 봉지, 뚜껑을 열면 어디선가 들어본 듯한 멜로디가 나오는 오르골 상자와 태엽을 돌리면 움직이는 장난감 병정, 그리고 돌돌 말린 도화지와 편지지가 놓여 있었다. 소년은 접힌 편지지를 펼쳐 읽어 보았다. 봐, 난 죽지 않았어. 편지는 그렇게 시작했다.

봐, 난 죽지 않았어. 난 매일 이곳에 놀러 왔어. 그런데 넌 보이지 않더라. 난 내일 서울로 올라가야 해. 한동안 이곳에 오지 못할 거야. 네가 이걸 꼭 발견하길 바라. 이걸 보면 넌 내가 죽지 않았다는 걸 알게 되겠지? 난 죽지 않았어. 그러니까 울지 않아도 돼. 난 울보는 좋아하지 않으니까. 내가 울고 나면 엄마는 사이다를 사줬어. 사이다를 먹으면 기분이 좋아져. 너도 그랬으면 좋겠어. 넌 내가 만난 사람 중에서 가장 이상한 아이야. 그래서 네가 좋아. 네가 울지 않았으면 좋겠어. 난 겨울에 또 이곳에 놀러 올 거야. 그때는 꼭 같이 놀자. 그때까지 날 잊지 마. 연이가.

편지에 의하면 여자아이는 죽지 않았다. 그러나 안심할 수는 없었다. 그날 이후 이제 겨우 한 달이 지났을 뿐이었다. 상자를 두고 간 게 정확히 언제인지는 몰라도 어쨌든 잠복 기간이 지나기 전이었다. 안나는 누군가 소년이 가진 치명적인 바이러스에 감염되면 한 달, 혹은 두 달 후에 갑자기 죽는다고 했다. 지금쯤 여자아이는 검은 피를 토하며 죽어가고 있을지도 몰랐다. 흑사병에 걸려 죽어간 사람들의 얼굴이 떠올랐다. 여자아이는 죽은 후에야 자신이 소년 때문에 죽었음을 알게 될 것이다. 또 눈물이 날 것 같아 소년은 급하게 사이다 캔의 뚜껑을 땄다. 오랜만에 느끼는 목구멍을 훑고 내려가는 시원하고 짜릿한 맛에 소년이 몸을 떨었다.

안나는 한 번도 사이다를 구해준 적이 없었다. 언젠가 소년이 먹고 싶은 음식으로 사이다를 말했지만 안나는 전쟁 때문에 구하기 어렵다며 고개를 저었다. 그런데 여자아이는 전쟁 중에 이런 귀한 사이다를 어떻게 구할 수 있었을까. 심지어 어떻게 나눌 수 있는 걸까. 소년은 마지막 한 방울까지 남김없이 삼켰다. 목이 따끔거렸다. 달콤하지만 고통스러웠다. 사이다의 거품처럼 몸속에서 전쟁 바이러스가 보글보글 끓어오르는 것 같았다. 그러나 기분은 좋아지지 않았다. 사이다를 먹으면 기분이 좋아진다는 건 거짓말이었다. 어쩌면 별 사탕은 다를지도 몰랐다. 전쟁 전에도 건빵에 든 별 사탕을 먹으면 언제나 기분이 좋아졌었다. 오독오독 씹히는 설탕의 단맛이 소년을 축복받은 아이처럼 특별하게 만들어주었다. 별 사탕을 먹으며 소년은 둘둘 말린 도화지를 펼쳐보았다. 크레파스로 그린 여자아이의 얼굴이 있었다. 그때 보았던 얼굴이 이렇게 생겼던가. 정확히 기억나지 않았지만 그림 속 여자아이처럼 예뻤던 건 기억났다. 소년은 그림을 한참 들여다보다 찢기 시작했다. 여자아이의 얼굴이 갈기갈기 찢겨 나갔다. 편지도 찢었다. 찢은 종이들을 전부 물 위에 흩뿌렸다. 종이는 곧 물살에 휩쓸려 사라졌다. 빈 사이다 캔도 구겨 물속에 던져버렸다. 만약 여자아이가 죽는다면 이런 게 다 증거가 될지도 모른다는 생각이 들었다. 탐정 소설을 보면 증거를 남기지 않는 게 언제나 중요했다. 다행히 종이도 사이다 캔도 더 이상 보이지 않았다. 남은 건 목구멍을 타고 넘어가던 사이다의 짜릿한 맛뿐이었다.

시간이 흐를수록 어쩌면 여자아이가 죽지 않았을지도 모른다는 생각이 자꾸만 들었다. 단순한 바람이 헛된 기대를 하게 만든 건지도 몰랐다. 여자아이는 겨울에 다시 이곳에 오겠다고 했다. 어쩌면 다시 만날 수도 있지 않을까. 소년은 겨울을 기다렸다. 또 다른 사람과 마주칠 것이 두려웠으나 조심하며 감독관이 오는 날마다 비밀기지로 향했다. 마침내 겨울이 되었다. 비밀기지까지 가는 길은 눈이 덮여 있었다. 아무도 밟지 않은 눈 위를 걷다가 소년은 신발을 벗어 손에 쥐었다. 신발이 눈에 젖어 있으면 몰래 빠져나온 것을 안나에게 나중에라도 들킬 위험이 있었다. 소년은 양말만 신은 채 힘겹게 걸음을 옮겼다. 발가락이 꽁꽁 얼어 떨어져 나갈 것만 같았다. 그러나 여자아이는 오지 않았다. 그다음 달도, 그다음 달도 마찬가지였다. 어느새 겨울이 지나고 봄이 왔다. 발아래로 눈 대신 새싹들이 밟혔다. 여자아이는 오지 않았다. 죽은 거야. 소년은 생각했다. 그날 소년은 비밀기지에서 눈가가 짓무르도록 울었다. 너무 울어 기분이 좋아질 때까지 울었다. 그리고 집에 돌아와 그날의 일기에 이렇게 썼다.

오늘, 여자아이가 죽었다. 아니, 어쩌면 어제.

이제 인정해야 했다. 소년은 국기에 대한 맹세문을 외듯 일기에 쓴 문장을 소리 내어 또박또박 말해보았다. 여자아이는 죽었다. 오늘, 어쩌면 어제.

여름이 되었다. 여름이 되자 다시 여자아이가 생각났다. 여자아이는 죽었겠지. 아련한 슬픔 속에서 그것은 건빵 속 별 사탕처럼 반짝이는 추억이 되어 있었다. 여자아이를 떠올리면 목구멍을 훑고 내려가는 짜릿한 사이다 맛이 거품처럼 떠올랐다. 소년은 그럴 때면 시원한 사이다를 단숨에 삼킨 것처럼 두 손으로 목을 감싸고 어깨를 떨었다.

4장

저주받은 사람 중에 가장 축복받은

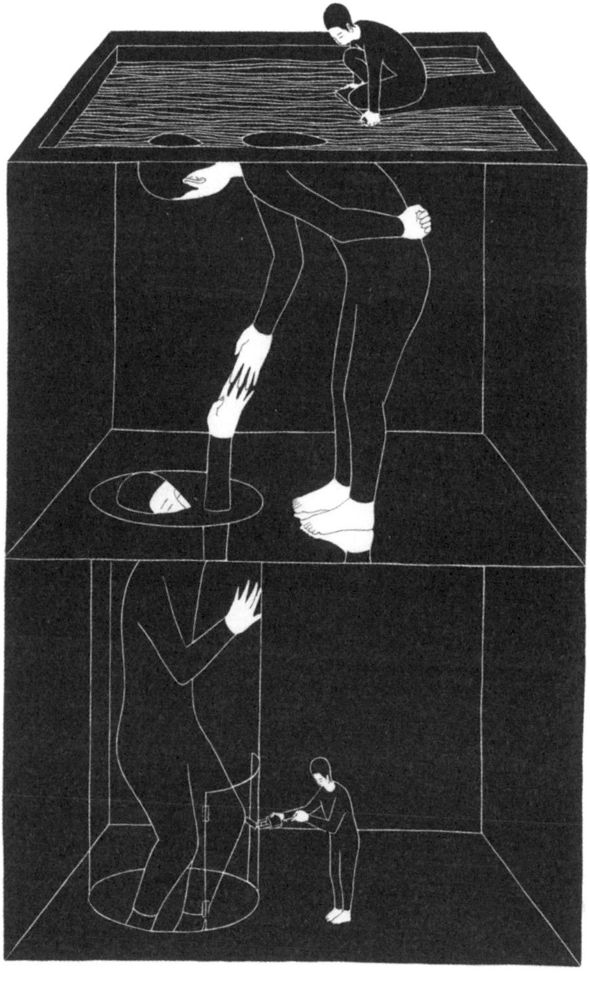

"그래요. 제가 집에만 머물렀던 건 아닙니다. 몰래 밖으로 나가기도 했습니다. 전쟁 중이라고 해도 언제나 포탄이 떨어지는 건 아니었으니까요. 원한다면 저는 집 뒤의 산과 들, 언덕과 개울, 그리고 마을까지도 내려갈 수 있었습니다. 그러나 저는 아주 조심스레, 사람들이 없는 틈을 타서 겨우 바깥 공기를 마실 뿐이었습니다. 저는 두려웠습니다. 제가 밖에 나가는 순간, 사람들과 접촉하는 순간, 제 몸 안의 전쟁 바이러스가 퍼져 나가 면역력 없는 수많은 사람을 감염시켜 죽게 만들 거라 믿었으니까요. 안나가 심어준 공포는 그런 식으로 저를 세상으로부터 격리시켰습니다. 저는 안전 가옥이 아닌, 공포 그 자체인 저 자신 안에 갇혀 있었던 거죠."

챕터 3의 말미에는 부록으로 '조기준의 말'이라는 부제의 오디오북이 붙어 있었다. 클릭해보니 성인 남성의 목소리면서도 말투는 묘하게 어린아이의 것인, 조기준의 이제는 익숙한 음성이 흘러나왔다. 일반 소설책의 마지막 장에 있는 '작가의 말'과 같은 역할을 하는 듯했는데, 그게 챕터 3에 붙어 있다는 건 휴먼북에 대한 이해를 돕고 다음 편을 이어서 빌리게 하려는 의도인 듯했다. 예약을 한번 취소한 터라 구매 독려를 위한 사은품 격으로 붙여둔 것 같았다.

"안나는 자신에 대한 절대복종과 충성이 제 공포심을 극대화한다는 걸 알고 있었습니다. 그때 안나가 매일 오후 국기에 대한 맹세를 하게 했던 건, 결국 충성을 확인하려던 의도였는지도 모릅니다. 제가 안나의 말에 완전히 복종한다는 걸, 제가 안나에게 완벽하게 통제되고 있다는 걸 그런 식으로 확인하고 싶었던 거겠죠. 제가 안나에게 충성을 다할 때면 안나는 저를 자신의 작은 영웅이라고 불렀습니다. 저는 안나의 영웅이 되고 싶었죠. 누군가의 영웅이 된다는 게 절 흥분시켰습니다. 권위에 대한 복종과 맹목적인 충성이 주는 즐거움이 있다는 걸, 그것이 때로 마약처럼 사람을 중독시키기도 한다는 걸 그때 알았습니다. 그런 안나가 죽은 1993년에 저는 한 사람을 잃은 게 아니었습니다. 제 세계의 전부가 붕괴된 것이었습니다. 그때 작은 영웅 또한 사라지고 말았습니다."

안나의 죽음을 말하는 조기준의 목소리는 슬픔에 젖어 있었다. 그런데 벌써 안나의 죽음을 이야기한다고? 조기준은 안나의 죽음 이후 안가를 벗어났다고 했다. 계속 휴먼북을 구독하게 하려면 이야기의 끝은 마지막 챕터에서 공개하는 게 낫지 않을까 싶었는데 조기준에게 결말은 중요한 게 아닌 모양이었다. 다시 생각해보니 안가에서의 탈출이《휴먼북 조기준》서사의 끝이라는 건 우식의 오해인지도 몰랐다. 10여 년을 머물렀다고 했지만 1993년 안가를 나왔을 때 조기준은 겨우 열일곱 살이었다. 그로부터 30여 년의 시간이 더 흘렀다. 하나의 휴먼북, 한 사람의 인생은 결코 절정에서 마무리되는 게 아니었다. 사람의 인생은 거대한 사건이 아니라 길고 지루한 후일담으로 이루어지는 거였다.

"죽은 사람과 한집에 머무는 건 무섭지 않았어요. 그보다 무서운 건 혼자 남는 거였죠."

죽은 안나를 발견한 것도, 목에 둘러진 밧줄을 풀고 침대 위에 눕힌 것도 열일곱 살의 조기준이었다. 우식은 죽은 안나와 함께 한 달이 넘도록 안가에서 지냈다는 어린 기준의 두려움을 상상해보았다. 죽은 안나의 몸에서는 나쁜 냄새가 났지만 기준은 매일 아침 물에 적신 수건으로 죽은 안나의 얼굴을 닦아주었다. 감독관이 그곳을 방문한 것은 안나가 죽고 한 달도 더 지난 때였다.

"그 무렵 감독관은 두 달에 한 번씩 오후 늦게 안나를 만나러 오곤 했는데, 그날따라 조금 이른 시간에 방문했어요. 막 안나 곁에 앉아 책을 읽으며 샌드위치로 점심식사를 하는데 차 소리가 들리더군요. 커튼 틈으로 보니 감독관의 배달 차량이었어요. A슈퍼라고 적힌 작은 승합차였는데 어릴 때는 그것이 A특공대와 같은 특별한 임무를 띤 사람, 슈퍼맨과 같은 영웅들에게만 지급되는 차량이라 생각했죠. 저는 서둘러 벽장으로 숨었어요. 마음 같아서는 죽은 안나도 같이 숨기고 싶었지만 이제는 안나를 보내줘야 할 때라는 걸 알았던 것 같아요."

밤이 되어 벽장 밖으로 나오니 예상대로 안나의 시체는 어디론가 사라진 뒤였다. 감독관이 데려갔을 거라고 기준은 짐작했다. 안나가 죽은 후에도 그곳에 또 다른 사람이 산다는 흔적은 곳곳에 있었다. 침대 곁에는 썩지 않은 야채 부스러기도 흩어져 있었다. 그러나 안나의 죽음에 당황해서인지, 감독관은 미처 그러한 흔적은 알아채지 못하고 죽은 안나만 데리고 급히 떠난 것 같았다.

"벽장에 숨으면서도 이내 들키지 않을까 두려움에 떨었는데, 막상 들키지 않자 안심이 되면서도 이상한 실망감이 들었어요. 숨고 싶은 마음과 들키고 싶은 마음, 그건 안전 가옥 안에서 늘 공존했던 것 같아요. 이미 세상 밖으로 나온 지금도 마찬가지라면, 이상한가요?"

기준이 카메라 너머의 보이지 않는 우식에게 질문을 던졌고 우식은 저도 모르게 고개를 저었다.

자가 격리를 끝내고 다시 일상으로 돌아온 후에도 마스크를 쓰고 체온을 재고 QR 코드를 찍고 백신 접종 여부를 확인받았다. 격리가 끝난 후에도 방 안에 갇혀 있는 기분, 사람과 사람 사이에 차단 막이 있고 공포와 불안이 자신을 점점 더 좁은 공간으로 몰아넣는 듯한 압박감을 느끼는 사람이 우식 혼자만은 아니었을 것이다. 엘리베이터나 버스 안과 같이 한정된 공간에서 의도치 않게 낯선 타인과 접촉할 때면 우식은 종종 불안과 반감을 드러내는 상대방의 눈과 마주쳤다. 불안은 전염성이 강했다. 우식은 저도 모르게 어깨를 움츠려 몸의 표면적을 최대한 줄였다. 그런 식으로 불안과 공포는 세상 밖에서 우식이 마땅히 누릴 수 있는 1인분의 존재 영토마저 빼앗고 축소시켰다.

그럼에도 우식은 타인과 끊임없이 연결되기를 원했

다. 우식은 혼자 있을 때면 온라인 커뮤니티에 댓글을 달고, SNS로 모르는 사람과 혼자 아는 사람과 예전에 알던 사람들의 일상을 지속적으로 염탐했다. 자신의 일상을 보여주고 싶지는 않아 계정을 비공개로 운영했으나 가끔 자신이 아닌 척 계정을 새로 열고 편집된 일상을 올렸다가 돌연 없애기도 했다. 숨고 싶은 동시에 누군가 자신의 존재를 눈치채주기를 바랐다. 그런 상반된 마음은 지금의 우식이나 1993년의 어린 기준, 지금의 기준에게도 유사하게 작용했다.

안나가 사라진 후에도 기준은 안가에 머물렀다. 매달 안나 앞으로 나오던 배급도 끊기고 감독관도 더 이상 오지 않을 터였지만 비축된 식량이 얼마간 남아 있었다. 하루에 두 끼만 먹으면 두 달 정도는 버틸 수 있을 것 같았다. 그 이후는 생각하지 않았다. 전쟁 중인 밖에 나가 먹을 음식을 직접 구해야 할지도 모른다는 생각만으로 가슴이 답답해지고 호흡이 가빠졌다.

"내 목숨을 연장하기 위해서 수많은 사람이 죽어나갈지도 모를 위험을 감수해야 한다는 게 절 괴롭혔어요. 그때까지도 안나의 말이 거짓이라고는 생각지 못했으니까요. 제가 밖에 나가는 순간, 제 몸 안의 전쟁 바이러스가 퍼져나가 면역력 없는 이들을 감염시켜 죽일 거라고만 믿었죠."

기준은 어떤 비장함을 담아 그렇게 말했다. 10년간 거짓된 말에 세뇌된 어린 소년의 순수함과 자신의 생계보다 타인의 생명을 먼저 생각하는 희생정신을 강조하려는 의도인 듯했다.

기준이 발견된 건 그로부터 2주일 후였다. 안나의 장례를 치르고 유품을 정리하러 온 감독관에 의해서였다. 그날도 기준은 누군가 집 안으로 들어오는 소리에 벽장에 숨었지만 소용없었다. 안나의 물건을 정리하던 감독관이 안가에 안나 혼자 살았던 게 아니라는 흔적을 발견하고 집 안 곳곳을 뒤지다 벽장문을 열어봤기 때문이었다.

감독관에게 발견된 후에도 기준은 한동안 그 집을 벗어나지 못했다. 안나가 자신에게 한 모든 말들이, 전쟁이나 바이러스에 관한 10년간의 이야기가 모두 거짓이라는 사실을 받아들이지 못해서였다. 그가 밖에 나온 것은 안나가 감독관이라 불렀던 남자가 안나의 첫 장편영화를 함께 찍은 조감독임을 알게 된 후였다. 안나가 그를 감독님이라 부른 건 그러니까 기준을 속이기 위한 거짓말만은 아니었다.

감독관은 안나가 영화감독에게 불합리한 일을 당한 충격으로 심신미약 상태가 되자 가해 당사자에게 항의하다가 영화판에서 쫓겨난 뒤, 고향에 내려와 부모님과 함께 슈퍼를 운영했다. 그것이 그가 그동안 생필품을 가득 실은 배달 차량을 타고 안가를 방문한 이유였다. 안나에 대한 죄의식과 연모의 감정으로 그는 대중의 비뚤어진 관심과 비난의 말들로부터 안나를 숨겨주었고, 수년간 그 은닉 생활을 꾸준히 도왔다. 당연히 기준의 존재는 몰랐다. 그랬기에 기준의 존재를 알게 된 후에는 더 열심히 기준을 보살폈다.

감독관의 도움으로 기준의 사연은 세상에 알려졌다. 신문에 기사가 난다. 방송사가 찾아온다. 마침내 한 방송사에서 기준의 사연을 바탕으로 〈그해, 사이렌이 울렸다〉라는 휴먼 다큐멘터리를 제작한다. 기준은 일어나지 않은 전쟁에 희생된 특별한 전쟁고아, 동시에 가족에게 학대당하고 출생 신고조차 되지 않은, 그로 인해 미취학 아동임에도 추적되지 않은, 우리 사회의 사각지대에서 10년간 방치된, 어떤 의미에서는 진짜 본인만의 전쟁을 치른, 끝나지 않는 전쟁이 낳은 진정한 의미의 고아로 정체화된다. 이토록 안타까운 사연이 방송 특유의 과장, 신파와 결합되면서 그는 세상에 처음으로 존재를 알렸다.

방송이 끝난 후 후원금이 모였다. 일곱 살부터 열일곱 살이 될 때까지 한 소년이 자기 몸 안에 위험한 바이러스가 있다고 믿고 전쟁을 피해 안가에 고립된 채 가상의 대피 생활을 했다는 스토리는 공포를 통치 수단으로 남용한 역사가 개인의 삶에 어떤 식으로 개입하고 그것을 통제했는가에 대한 비극적인 실례로 여겨지며 사람들의 연민을 자아냈다. 무책임한 어른들의 잔인함을 과장하고 공동체의 부채 의식을 자극할수록, 소년 조기준이 타인을 해할 것을 경계해 스스로를 격리시킨 희생정신을 강조할수록, 순결한 희생양에 부합하는 창백하고도 연약한 기준의 모습을 전시할수록 후원금은 더 빠른 속도로 늘었다. 10년간의 불행과 맞바꾼 돈이었으나 그 정도 액수라면 우식도 기꺼이 10년을 걸 수 있을 것 같았다.

어쨌거나 10년 만에 안가에서 나온 기준은 처음 2년간은 후원금을 관리하는 감독관이 구해준 집에서 지냈다. 그 안에서 감독관의 제안에 따라 검정고시를 준비했고 시험을 통과했다. 대학에 가고 싶은 생각은 없었다. 성인이 된 기준은 후원금을 직접 관리할 수 있게 되었다. 무리하지만 않으면 10년 정도는 아무것도 하지 않고 살 수 있을 정도였다. 그것이 기준에게는 다시 10년간 집 안에서만 지내는 것이 가능하다는 뜻으로 해석됐다.

"전쟁은 없다고 했어요. 그러나 뉴스에서는 끊임없이 사건 사고 소식이 전해졌죠. 1994년 봄에는 서울을 불바다로 만들겠다는 북한의 협박에 많은 이가 식료품 사재기를 하더군요. 제가 전쟁이 일어나지 않은 세계로 돌아온 건지 실감할 수 없었어요. 같은 해 가을에는 성수대교 붕괴 사고가 있었고요. 그다음 해인 1995년에는 삼풍백화점 붕괴 사고도 일어났죠. 대구 지하철 공사장에서 가스 폭발 사고가 일어나 260여 명의 사상자를 낸 사고도 1995년의 일이었어요. 고작 2년이었어요. 안가에서 나온 지 2년 만에 이렇게 많은 사건 사고를 목격했어요. 전쟁 중이라고 믿었던 안가에서의 생활이 오히려 더 평화로웠던 거죠. 도대체 사람들이 어떻게 두려움 없이 집 밖으로 나가는지 이해할 수 없었어요. 언제 서울이 불바다가 될지, 지하철이 폭발할지, 내가 지나다니는 다리가 무너지거나 옷이나 신발을 사러 간 백화점이 그대로 폭삭 주저앉을지 모르는데 어떻게 제가 집을 벗어날 수 있었겠어요."

이제 자유로워졌으니 마음껏 그 상태를 누리고 싶지 않느냐고 사람들이 물어왔지만 집 안에서도 기준은 자유로움을 충분히 만끽할 수 있었다. 생활비를 벌 필요도 없었고, 학업 욕구나 다른 가능성에 대한 의지가 있는 것도 아니었다. 장밋빛 미래에 대한 꿈도 없었다. 10년간의 폐쇄된 생활을 견딜 수 있었던 건 그 고난이 자신에게 주어진 거룩한 사명을 위한 피할 수 없는 수난의 시간이라는 믿음 때문이었다. 그러나 알고 보니 그것은 멍청한 어른과 멍청한 아이가 만들어낸 우스꽝스러운 해프닝에 불과했다. 기준은 진실을 알게 되자 더 이상 어떤 꿈도 꾸지 않게 되었다.

홀로 숨만 쉬었는데도 후원금은 조금씩 줄어들었다. 10년 후, 20년 후를 생각하면 무언가를 하기는 해야 했다. 동시에 이토록 사건 사고가 만연한 세상에 살면서, 언제 예기치 못한 재난이 덮쳐 일상이 파괴되거나 진짜 전쟁이 일어날지 모르는 상황에서, 왜 지금을 사는 대신 미래를 대비해 지금을 단지 준비의 시간으로 보내야 하는지 기준은 납득할 수 없었다.

그렇게 2년의 시간을 안가에서의 생활과 그다지 다르지 않게 지내던 기준은 어느 날 감독관의 연락을 받았다. 기준과 안나의 사연을 소재로 한 단편영화가 해외 영화제에서 작은 상을 받는다는 거였다. 기준은 영화제의 초청을 받아 감독관과 함께 베를린으로 갔다. 그것이 그의 첫 번째 해외여행이었고, 그가 정신적으로는 여전히 갇혀 있던 안가를 벗어나겠다고 결심한 계기였다.

"그때 알았죠. 내가 아직 안가의 벽장 안에서 한 발짝도 벗어나지 못했다는 걸. 그 후 계속 떠도는 생활을 한 건 어쩌면 마음속 벽장에서 멀어지기 위한, 심리적인 거리를 물리적인 거리로 극복해보고자 한 무의미한 시도였는지도 모릅니다."

그렇게 해서 기준이 간 곳은 1994년 지진이 일어난 후의 캘리포니아였다. 두 번째 여행지로 왜 그곳을 택했는지 그때는 기준 자신도 몰랐다. 모르는 채로 지진 후의 풍경과 사람들의 모습을 카메라에 담았다. 기준은 자기 눈으로 목격한 것은 믿을 수 없었지만 카메라에 담긴 것은 믿을 수 있었다.

1945년 원폭이 투하되었던 히로시마로, 1995년 내전이 종식된 보스니아로, 1997년 엘니뇨로 인한 혹독한 가뭄으로 숲 수백만 헥타르가 불탄 인도네시아로, 1999년 폭우로 5만 명 가까운 사망자가 발생한 베네수엘라와 같은 해 성탄절 무렵 태풍이 휩쓸고 간 베르사유로, 기준은 마치 재난의 흔적을 쫓듯 여행을 다녔다. 의도한 건 아니었는데 끌리는 곳은 재난이 휩쓸고 간 지역뿐이었다.

"모르겠어요. 제가 믿어온 10년, 전쟁 중이라고 믿었던 10년이 결코 거짓된 시간이 아니었다는 걸, 제가 안에서 전쟁을 겪는 동안 밖에서도 계속 전쟁이 일어나고 있었다는 걸 제 눈으로 확인하고 싶었던 건지도요. 지금 생각해보면 사라지지 않고 남은 제 몸 안의 전쟁 바이러스가 그런 식으로 활성화되었던 건지도 모르겠습니다. 전쟁과 재난이라는 크나큰 불행 앞에서만 제 개인의 불행을 잊고 평화를 찾는 거죠."

외부의 불행에 기대어 자신의 불행을 잊는 것은 우식에게도 익숙한 생존의 방식이었다.

"살아남은 사람들은 재난 이전에도 하루의 삶을 살았듯 재난 이후에도 여전히 하루, 그리고 또 하루를 반복하며 삶을 지속해나갔어요. 제가 거기서 목격하고자 한 건 재난이 그들의 삶을 얼마나 파괴했는지, 그들이 얼마나 고통받았는지, 혹은 얼마나 용감하게 재난을 극복하고 일상을 회복해나갔는지가 아니었어요. 그저 재난, 그 자체를 보고 싶었어요."

하지만 재난은 기준이 도착하고 나면 언제나 저 멀리 달아난 후였다. 재난의 생생한 표정이 궁금했으나 기준이 목격한 건 재난을 통과한 사람들의 얼굴에 남은 재난의 그림자뿐이었다.

"그러는 동안 저는 점점 작아지는 저 자신을 느꼈어요. 세계는 살아 움직이는 재난 그 자체였어요. 제가 이 세계를 위해 할 수 있는 일이 아무것도 없다는 무력감에 시달렸죠.

그러나 생존자에게는 생존자의 의무가 있는 거라고도 생각했어요. 비록 빛나거나 위대하지는 않더라도 계속 살아남는 것이 바로 그것이었죠. 그래서 저는 서울에 돌아와 평범한 소시민의 삶을 살기 시작했습니다."

자신이 충분히 작아졌다고 느꼈을 때, 기준은 여행을 마치고 서울로 돌아왔다. 세상에는 재난이 만연해 있었고 이제 누구도 자신의 작은 불행에 주목하지 않을 것 같았다. 무엇보다도 벌써 20대 후반이었다. 10년의 세월은 너무나 빨리 지나갔고 매달 들어오던 정기 후원금 역시 곧 중단될 예정이었다. 더 이상 과거의 불행을 밑천 삼아 연민을 호소하며 뒤늦게 찾은 자유를 경박하게 누리는 식으로는 살아갈 수 없었다.

이제는 정말 스스로의 힘으로 삶을 꾸려나가야 할 때라고 기준은 생각했다. 이 재난의 세계에서 10년간 아무 탈 없이 살아왔다. 그렇다면 앞으로도 아무 탈 없이 살아갈 수 있으리라는 믿음도 조금씩 생겨나던 참이었다. 무엇이든 할 수 있었고 무엇이든 될 수 있었다. 자신이 좋아하는 걸 떠올렸다. 그렇게 떠돌아다녔지만 여전히 가장 좋은 건 집에 머무는 것이었다. 그렇게 해서 처음 시작한 사회 활동이 집 짓는 봉사 단체에 가입하는 일이었다. 그리고 한 달에 두 번, 집 짓기 봉사를 하며 알게 된 사람의 도움을 받아 마지막 남은 후원금으로 안가를 개조한 작은 카페를 열었다. 그것이 기준이 오랫동안 운영했던 카페 '구석과 기척'이었다.

카페를 가거나 공원에 가거나 영화관을 가거나 기준은 구석을 차지하고 싶어 조바심을 냈다. 구석이 없으면 불안해서 곧 자리를 떠야 했다. 어딜 가든 구석을 찾는 사람이 기준만은 아니었다. 이 때문에 구석은 늘 부족했다. 기준은 자신에게 초능력이 한 가지 있다면 어딜 가든 구석을 만들어내는 능력이었으면, 하고 바랐다. 그렇다고 해서 완전히 폐쇄된 공간에 혼자 있고 싶지는 않았다. 자신을 번거롭게 하진 않으나 외롭게도 하지 않을 소소한 기척을 원했다. 자신의 카페가 그런 곳이 되길 바랐다. 기준이 생각할 때 사방이 트인 방 한가운데에 의자를 놓고 앉아도 그 자리가 구석이라고 느낄 수 있다면 그곳이 바로 완벽한 비밀기지였다.

처음 카페를 오픈하던 날을 기준은 기억했다. 손님들이 하나둘 들어와 구석진 자리에 조용히 머물다 자신만의 구석을 남겨두고 또 조용히 떠났다. 구석이 필요한 사람들에게 쉬어갈 구석을 마련해준 후에야 비로소 벽장 밖으로 나온 기분이었다고, 기준은 말했다.

기준은 그렇게 모은 돈으로 어딜 가나 이방인이라고

느끼는 사람들을 위한 게스트 하우스를 열었다. 그러나 곧 팬데믹이 시작되었다. 겨우 운영해나가던 게스트 하우스에서 확진자가 발생하면서 결국 문을 닫게 되었다. 문 닫은 게스트 하우스에 홀로 머물며 기준은 고민했다. 전쟁과도 같은 이 팬데믹의 시대에 어떻게 살아남을 것인가. 그리고 자신이 가진 가장 강력한 힘은 오래전의 비극적 스토리라는 걸 상기했다.

남들보다 나은 삶, 최소한 남들과 비슷한 삶을 살기 위해서라도 남다른 스펙이 필요한 시대였다. 기준에게는 남들에겐 없는 비극의 체험, 가상의 전쟁고아라는 스토리가 그 스펙이었다. 그는 그것을 적극적으로 활용하기로 했다. 그렇게 해서 새로 시작한 사업이 방 탈출 카페 '벙커 1983'이었다.

*

휴먼북은 기본적으로 1인칭 주인공 시점의 논픽션이다. 그 진술에 과장과 허위가 포함됐다 해도 열람자가 애써 확인해보지 않는 한 알 길은 없다. 기준의 말은 어디까지가 진실일까. 궁금해진 우식은 그에 대한 자료를 더 샅샅이 찾아보기 시작했고 그렇게 전에 놓쳤던 한 가지 사실을 알게 되었다.

2010년경, 그러니까 벌써 10년도 더 전에 발표된 단편 소설에서 기준이 겪은 일과 유사한 이야기가 다뤄진 것이었다. 확인해보니 최근 출간된 소설집에 그 작품이 실려 있었다. 우식은 도서관에서 《이달의 이웃비》라는 책에 실린 그 소설을 꼼꼼히 읽어보았다. 확실히 인물의 스토리에는 기준의 일화와 유사한 점이 너무 많았다. 작가가 어디선가 기준의 이야기를 알게 돼 그것을 토대로 소설을 썼거나, 소설을 토대로 기준이 자신의 사연을 꾸며냈다고 의심할 만했다. 그렇게 허구를 전제로 한 소설 외에는 기준이 언급한 과거가 사실인지 확인할 수 있는 기록은 어디에도 없었다. 일어나지 않은 전쟁의 전쟁고아로 불렸다던 어린 기준에 관한 기사도, 다큐멘터리나 단편영화도 검색되지 않았다. 이미 30여 년 전 일이라 그럴 수 있다고 생각했다. 기준이 삭제를 요청해 기록이 남지 않은 걸 수도 있었다.

그렇다면, 기준과 동일한 인물의 이야기라고밖에 생각할 수 없는 기록이 소설의 형태로만 남아 있다면, 이걸 정말 우연이라 할 수 있을까. 기준이 알려지지 않은 소설의 이야기를 훔쳐 자신의 인생 스토리로 삼았을지도 모른다.

하지만 굳이 그럴 이유가 있을까? 단순히 '벙커 1983'의 테마를 더 사실적인 것으로 포장하기 위해서?

그 단편을 쓴 작가가 기준의 사연을 알았던 건 아닐까. 아니면 그저 픽션인데 우연히 유사한 인물을 주인공으로 쓰게 된 걸까. 궁금증을 해결하려면 방법은 한 가지뿐이었다. 우식은 출판사에 문의한 끝에 작가의 연락처를 받을 수 있었다. 우식의 전화를 받은 작가는 그 소설이 자신의 지인인 시나리오를 쓰던 한 선배가 들려준 사연을 각색한 작품이라고 했다. 그 선배의 이야기가 그의 체험이었는지, 어디선가 들은 이야기였는지, 단지 상상이었는지는 지금은 기억나지 않는다고도. 대신 작가는 그 선배라는 사람의 이메일 주소를 우식에게 알려주었고, 그 메일을 받은 것이 나였다.

*

"사람에겐 몇 개의 방이 있는 걸까요. 그 방이 모두 어둠으로만 구성된 사람은 또 얼마나 될까요. 제게도 많은 방이 있습니다. 아주 어둡고 아주 더러운 방들. 그런데 말입니다. 저는 그 방에서 탈출하고 싶기도 하고 탈출하고 싶지 않기도 하단 말입니다. 이게 무슨 의미인지 아시겠습니까?"

술을 마시면 변우식은 말이 많아졌다. 평소에는 말이 많지 않았는데 그건 그가 원래 과묵해서라기보다는 실수가 두려워 최대한 자신의 생각을 표현하지 않는 습관을 들인 결과인 것 같았다. 소주를 두 병쯤 마시고 나면 그는 두서없는 말들을 낄낄 웃거나 훌쩍훌쩍 울며 하곤 했는데 그즈음 가장 많이 꺼낸 건 마태공과 기준의 이야기였다. 그리고 우리가 번갈아 가며 키우는 앵무새 인형 로빈. 우식이 나와 만나게 된 데에는 앵무새 인형 로빈 덕도 있었다.

마태공이 나타나지 않는 동안에도 우식은 월요일부터 금요일까지, 매일 오전 9부터 저녁 6시까지 사무실에 앉아 온라인상의 오염물, 온라인을 통해 넓고 빠르게 확산되는 악의를 형상화한 사진과 영상과 글을 성실히 삭제했다. 그러나 비용이 입금되는 회사의 계좌는 마태공이 관리했으므로 월급날이 되어도 우식은 월급을 받을 수 없었다. 마태공의 휴대폰은 정지 상태였고 혹시나 하는 마음에 사람들이 올린 마태공의 사과 투어 영상에 기다림을 알리는 댓글을 달기도 했지만 연락은 오지 않았다. 할 수 없이 우식은 사무실에 남아 있는 마태공의 소장품들을 차례로 집으로 옮겼다. 월급이 들어오지 않은 첫 달에는 파카 만년필과 지압

슬리퍼를, 두 번째 달에는 목 안마기와 서랍 속에 처박혀 있던 말하는 앵무새 인형을 가져왔다.

앵무새 인형이 할 줄 아는 말은 두 가지뿐이었다. 바보 같아. 병신. 이런 말을 앵무새 인형에게 가르친 건 누구였을까. 마태공의 목소리는 아니었고 어린 여자아이의 것이었다. 녹음은 한 번에 다섯 개까지 가능했는데 앵무새 인형의 머리를 쓰다듬거나 건드리면 랜덤으로 그중 하나를 말하게 되어 있었다. 우식은 망설이다가 두 개의 말을 더 녹음했다. 부끄럽지 않아. 부끄러워도 돼. 휴일이면 앵무새와 함께 어둠 속에서 이미 종영된 10년 전 예능을 보며 밥을 먹고 화장실에 가고 애써 소리 내어 웃었다. 외국어를 배우듯 텔레비전 속의 웃음을 따라 하며 언제 웃어야 하는지, 어떻게 웃어야 하는지, 보편적인 웃음의 태도와 타이밍이 무엇인지 알기 위해 노력했다. 가끔은 엉뚱한 상황에서 혼자 웃음이 터지기도 했다. 그러면 옆에 놓인 앵무새의 머리를 쓰다듬었다. 그럴 때마다 앵무새는 부끄럽지 않아, 라거나 부끄러워도 돼, 라는 말을 비명처럼 내뱉었다.

이름은 붙이지 않았다. 고유명사가 아닌 일반명사로 존재하는 것에만 우식은 한계가 분명한 일정량의 애정을 부여할 수 있었다. 언제든 다른 대체재를 찾을 수 있으며 쉽게 끊어낼 수 있다는 일시성에 대한 믿음만이 관계의 시작을 가능케 했다. 일시성. 그것이 터무니없는 가격인 99만 원에 낡은 앵무새 인형을 당근마켓에 올려놓고 거래가 안 될 걸 알면서도 판매를 중단하지 않은 이유였다.

그런데 어느 날, 99만 원에 올려놓은 앵무새 인형을 입양하겠다는 사람이 나타났다.

입양 신청합니다. 직거래만 가능합니다.

이건 뭐지? 우식은 어리둥절했다. 정가 2만 9900원이면 얼마든지 똑같은 인형을 새로 구입할 수 있었다. 그럼에도 중고를, 머리의 칠도 벗겨져 그냥 앵무새가 아니라 대머리 앵무새에 가까워진 인형을 99만 원에 사겠다고? 그것도 사겠다는 표현을 쓰지 않고 입양하겠다고 하다니. 미친 걸까 싶어서 갑자기 팔고 싶지가 않아졌다. 미친 사람에게는 내 앵무새 인형을 보내기 싫다, 라고 생각하며 앵무새 인형을 쓰다듬자 앵무새 인형이 병신! 하고 소리쳤다. 무작위가 아니라 고의가 의심될 정도였다.

그러고 보면 구매 신청자는 무언가를 알고 있는 거 아닐까? 이 앵무새 인형 배 속에 훔친 보석이라도 숨겨져 있다거나 아니면 훔친 마약이라도? 그래, 마태공의 반려 앵무새 인형이 실은 마태공 딸의 애착 인형이었다는 걸 생각해보면 전혀 불가능한 이야기도 아니었다. 확인해보자면 배를 열어야 했다. 어디 여닫을 수 있는 부분이 있나 살펴봤지만 그런 건 없었다. 그나마 열리는 부분에는 배터리와 내장형 녹음기만 들어 있을 뿐이었다.

구매 신청자의 당근마켓 거래 기록을 살펴보니 매너 온도가 80도였다. 사기꾼이거나 장난 목적은 아닌 것 같았다. 그래서 더 의심이 가기도 했다. 당근마켓에 올라온 앵무새 인형을 99만 원이나 주고 산다는 사람은 셋 중 하나였다. 세상 쓸모없는 물건에 99만 원을 재미 삼아 턱턱 쓸 수 있는 재력가이거나(100만 원도 안 되는 금액에 재력 운운하는 게 우습지만 볼품없는 앵무새 인형에 정가의 몇십 배나 될 99만 원을 쓸 정도면 우식 입장에서는 재력가가 분명했다) 인형에 얽힌 수상한 비밀을 아는 범죄자이거나 미친놈이거나.

미친놈한테는 절대 보낼 수 없다, 라고 생각하고 보니 중고 앵무새 인형을 99만 원에 산다는데 팔지 않는 것도 좀 미친 거 아닐까 싶었다. 일단 만나 이야기는 듣고 결정하기로 하고 우식이 답장을 보냈다. 진짜 미친놈일지도 모르니까 경찰서 앞에서 만나자고 했다. 여차하면 바로 경찰서로 들어갈 작정이었다. 그렇게 우식은 나를 만나게 되었다.

처음 우식에게《휴먼북 조기준》과 관련해 만나고 싶다는 연락을 받았을 때는 나 역시 우식을 이상한 사람이라고만 생각했다. 오래전에 발표된 단편소설에 관한 이야기를 듣고 싶다니, 너무 뜬금없었고 내게도 그건 오랫동안 잊고자 했던 과거였다. 굳이 만나고 싶지도, 만날 이유도 없었다. 그러나 그 후로 나는《휴먼북 조기준》에 대해 알아보기 시작했다. 휴먼북 라이브러리에 들어가《휴먼북 조기준》을 찾아 열람 신청을 하기도 했지만 신청은 거절되었다. 혹시 그는 내가 누구인지 알고 있는 걸까?

지금까지 조기준을 구독한 사람의 목록을 살펴보았다. 단 두 명뿐이었는데 그중 한 명이 우식이었다. 결국 조기준에 대해 알려면 우식을 만나야 할 것 같았다. 그렇다고 내 존재를 드러내고 싶지는 않았다. 우식의 이메일 주소를 구글에 검색해보니 의도적으로 흔적을 지운 건지 어떤 정보도 나오지 않았다. 그러던 어느 날 그가 당근마켓에 올린 앵무새 인형 판매 글을 보게 된 것이다.

고작해야 2~3만 원이면 살 수 있을 것 같은 앵무새 인형을 99만 원에 올리는 건 사기라고 해야 할까 광기라고 해야 할까. 문득 그가 어떤 사람인지 알아보고 싶다는 호기심이 커졌다. 왜 조기준이란 인물의 진실을 알기 위해 나에게까지 연락을 했는지도 더 궁금해졌다. 그래서 나는 우식의 연락을 받은 그 시나리오 작가가 나라는 사실을 숨기고 강선재라는 이름으로 그를 만났다.

물론 99만 원을 주고 앵무새 인형을 구입하지는 않았다. 나도 우식도 그 정도로 미친 사람들은 아니었다. 우식은 막상 팔려니 정이 들어서 차마 팔 수가 없다고 했고, 나는 괜찮다고 했다. 그가 자주 가는 밥집에서 우연히 나를 다시 만났을 때, 그러니까 우식이 그 일을 우연이라고 믿었을 때, 그는 미안하다며 내게 술을 사주었다. 그날 이후로 우리는 종종 동네 백반집에서 같이 밥을 먹고 술을 마시는 밥 친구이자 술친구가 되었고 앵무새 인형에게 로빈이라는 이름을 함께 지어주었다. 그리고《휴먼북 조기준》챕터 4가 올라왔을 때는 그것도 함께 열람했다.

챕터 4

소름이 된 소년, 1985년 여름

"소름이 끼쳤으면. 제발 좀 소름이 끼쳤으면."

소년은 그 대사가 무더위를 물리쳐줄 주문이라도 된다는 듯 연신 중얼거리며 계속 산길을 내려갔다. 안나 몰래 외출을 시작한 지 1년이 넘었다. 그사이 소년은 아홉 살이 되었다. 그러나 그동안 우연히 여자아이와 한 번 마주쳤을 뿐 아무 일도 생기지 않았다. 한번은 산에 떨어진 빨간색 삐라를 줍기도 했다. 삐라에는 '서울을 불바다로 만들겠다'라는 협박이 적혀 있었다. 서울은 진즉 불바다가 된 줄 알았는데. 불바다가 된 서울에 또 불을 지르고 또 불을 지른다는 걸까. 불바다가 되기 전에 뿌린 삐라를 이제 주운 건지도 몰랐다. 소년은 불바다에서 검게 탄 시체들을 상상했다. 흑사병이 휩쓸고 간 14세기의 유럽처럼, 아니 그보다 더 많은 시체 더미가 거리 곳곳을 뒤덮고 있을 것이다. 그런데 이곳은 왜 이토록 조용한 걸까. 적기가 날거나 포탄이 터지거나 총알이 날아다니거나 산에 잠복한 적군을 만나거나 하는 일이 왜 이곳에서는 일어나지 않는 걸까. 시체라도 만나고 싶었으나 시체도 보이지 않았다. 소년은 이 평화로운 상태가 가끔은 지긋지긋했다.

아무 일도 없어. 아무 일도.

도대체 소름은 어디에 있는 걸까. 소년은 숨겨진 소름을 찾듯 풀숲을 헤치며 비밀기지로 향했지만 아무 일도 일어나지 않았다. 푹푹 찌는 폭염에 소년의 온몸이 땀에 흠뻑 젖었다. 빨리 물에 몸을 푹 담그고 끈적한 땀을 씻어내고 싶었다. 비밀기지에 다다른 소년이 서둘러 교각 아래로 내려갔다. 교각 밑은 그늘이 져 서늘했다. 장마에 물이 불어 있었다. 개울물이 소년이 앉아 있는 다리 틈새 바로 아래까지 차올라 출렁거렸다. 개울물에서 올라오는 찬 물기운이 무더위를 조금 식혀주었다. 소년은 축축한 돌벽에 등을 기대고 고개를 들었다. 다리의 둥근 기둥 하단에 종이 한 장이 붙어 있었다. 종이에는 색연필로 또박또박 쓴 편지가 적혀 있었다.

나야 연이.

가슴이 미친 듯이 뛰기 시작했다. 멀리서 말굽 소리가 들렸다. 바람이 갑자기 차갑게 느껴져 소년은 어깨를 웅크리고 괜히 주위를 두리번거렸다. 소년은 북을 치듯 울리는 심장 소리를 무시하며 다음 문장을 읽어보았다.

> 난 살아 있어. 이걸 보면 도망가지 말고 기다려줘. 내일도 놀러 올 테니까. 이곳을 우리의 비밀기지로 삼자.

소년은 도망가야 할지 기다려야 할지 망설였다. 두렵기도 하고 설레기도 했다. 여자아이는 살아 있었다. 어떻게 산 건지 알 수 없었지만 어쨌거나 살아 있었다. 죽은 사람에게서 편지를 받은 기분이었다. 자신이 찾던 소름이 이거였는지도 모른다고 소년은 생각했다. 소년은 기다리기로 했다. 자신이 받은 편지가 죽은 사람에게서 받은 건 아닌지 확인해야 했다. 소년은 소름을 기다리듯 여자아이를 기다렸다. 사이렌 소리가 울리기 시작했다. 감독관이 오는 날이면 오후 2시에 사이렌이 울린다는 걸 소년은 알게 되었다. 전쟁이 터지기 전 민방위 훈련을 할 때와 똑같았다. 오늘따라 사이렌 소리가 더 긴박하게 들려 소년은 귀를 막았다. 그래도 사이렌은 계속해서 울렸다. 사이렌은 저 밖이 아니라 소년의 내부에서 울리는 것 같았다. 소년은 귀를 막았던 손을 뗐다. 마침내 소리가 그쳤다. 대신 다른 소리가 들렸다.

"드디어 만나는구나."

여자아이의 목소리였다. 다리 위에 여자아이가 서 있었다. 소년은 유령이라도 본 사람처럼 놀라 벌떡 일어났다.

"봐, 나 안 죽는다니까."

여자아이가 웃으며 말했다. 어떻게 된 일인지는 알 수 없었지만 어쨌거나 여자아이는 진짜로 죽지 않은 것이다. 소년은 눈물이 날 것 같았으나 꾹 참았다. 여자아이에게 또 우는 모습을 보일 수는 없었다.

"내려가도 되니?"

"안 돼!"

소년이 말했다. 여자아이가 죽진 않았지만 그건 거리가 먼 덕에 자신의 바이러스가 닿지 않아서일 수도 있었다. 거리가 더 가까워지면 정말로 감염되고 말지도 몰랐다.

"뭐라고? 안 들려."

"내려오지 말라고!"

소년이 다시 소리쳤다. 그러나 물소리 때문인지 여자아이에게는 소년의 목소리가 잘 전달되지 않는 것 같았다.

"몰라. 안 들리니까 난 내려갈 거야."

정말 안 들리는 건지 안 들리는 척하는 건지 여자아이가 다리 밑으로 내려왔다. 도망갈 곳은 없었다. 개울물에 숨기에는 물이 너무 불어 있었다. 교각 바로 밑까지 물이 차오른 것을 보면 수심이 소년의 키를 훌쩍 넘긴 것 같았다. 소년은 그저 교각 안쪽에 숨어 있을 뿐이었다. 하지만 호기심이 일기도 했다. 그때는 정말 거리가 멀어서 바이러스가 옮아가지 않았던 걸까. 아니면 여자아이도 혹시 안나처럼 특별한 면역력을 가진 건 아닐까. 그렇다면 가까이 있어도 괜찮았다. 소년은 자꾸만 긍정적으로 생각하고 싶어졌다. 여자아이는 전쟁이 터진 후 소년이 안나 이외에 대화를 나눈 유일한 사람이었다. 사이다를 선물로 주기도 했다. 눈에 보이지 않는 죽음에 대한 공포를 소녀와 계속 대화하고 싶다는 당장의 욕망이 앞섰다.

"난 몰라. 죽더라도 네 탓이야."

소년은 외쳤다. 자신은 할 만큼 했다. 여자아이가 가까이 오지 못하도록 충분히 경고했다. 그럼에도 여자아이가 다가와 죽게 된다면, 그건 자신의 탓이 아니라고 소년은 스스로 되뇌었다. 그런다고 죄의식이 사라지는 건 아니었으나, 두려움이 사라지는 것도 아니었으나, 그렇게 해서라도 책임을 덜고 싶었다.

"넌 또 이상한 소리를 하는구나."

여자아이가 웃으며 조심조심 비탈길을 내려왔다. 이제 여자아이는 손만 뻗으면 닿을 거리에 있었다. 가까이에서 본 여자아이는 예뻤다. 잘 기억은 안 나지만 소년이 전쟁 전에 보았던 만화 속 여자아이들처럼 예뻤다. 웃는 얼굴에는 장난기가 어려 있었고 반짝반짝 빛이 났다. 사이다를 단숨에 마셨을 때처럼 목이 따끔따끔했다. 눈도 따끔거렸다. 집에만 있어서 창백한 소년에 비하면 여자아이는 햇빛 속에서 매일 뛰어논 것처럼 건강하게 그을려 있었다. 자신의 흰 피부가 나쁜 바이러스에 걸렸다는 증거인 것만 같아서 소년은 드러난 흰 팔을 괜히 등 뒤로 숨겼다. 그 갈색의 피부가 너무 예뻐 보였다.

"넌 정말 하얗구나."

여자아이가 감탄했다. 소년은 그 말이 자신을 흉보는 거라 생각해서 부끄럽고 기분이 상했다. 그러나 아니었다. 여자아이는 소년의 하얀 피부가 진심으로 부러울 뿐이었다.

"난 봐봐, 너무 까매서 안 예쁘지?"

여자아이가 자신의 갈색 팔을 내밀며 물었다.

"아니."

"아니라고?"

"응, 예뻐."

"뭐가?"

"네 피부색이."

"그래? 난 네 하얀 피부가 부러운데. 만져봐도 되니?"

여자아이가 손을 뻗었다. 소년은 화들짝 놀라 황급히 몸을 움츠리며 소리쳤다.

"손대지 마!"

여자아이가 움찔 놀라 뒤로 물러섰다.

"뭐야, 너 내가 싫은 거니? 난 널 다시 만나기만 기다렸는데."

여자아이가 고개를 떨어뜨리고 울먹였다.

"그게 아니야."

"그럼?"

"날 만지면 넌 죽을지도 몰라."

여자아이가 고개를 들고 소년을 보았다.

"너 또 그 이상한 소리를 하는 거야? 넌 왜 자꾸 그런 이상한 말을 하니. 봐, 넌 내가 죽을 거라고 했지만 난 죽지 않았잖아."

여자아이가 만져보라는 듯 자신의 팔을 내밀었다. 소년이 머뭇거리며 뒤로 물러서자 여자아이가 웃으며 소년의 손목을 잡아당겼다.

"봐, 널 만져도 난 안 죽는다니까."

여자아이가 웃으며 말했다.

"이래도."

여자아이가 소년의 손을 꽉 잡고 앞뒤로 흔들었다. 여자아이의 손은 작고 부드러웠다.

"이래도?"

이번엔 소년이 조심스레 여자아이의 손에 깍지를 꼈다.

"응, 그래도."

여자아이가 활짝 웃었다. 소년의 가슴이 간질간질해졌다. 아무래도 전쟁 바이러스가 튀어나오려고 준비하는 것 같았다. 그렇다고 여자아이의 손을 놓고 싶지는 않았다. 따뜻했다. 안나의 손보다 훨씬 더 작고 보드라웠고, 한번 잡으면 결코 놓고 싶지 않은 온기를 지니고 있었다. 여자아이는 죽지 않았다. 유령인가도 생각해봤지만 유령이 이렇게 따뜻할 리 없었다. 그리고 이만큼 따뜻하고 이만큼 예쁘다면 유령이어도 좋았다. 이번엔 소년이 울먹였다. 지난겨울에 여자아이가 죽은 줄 알고 슬퍼했던 기억이 새삼스레 떠올랐다.

"네가 죽은 줄 알았어."

"왜?"

"겨울이 되어도 넌 오지 않았으니까."

"날 기다렸니?"

여자아이가 더 환하게 웃었다. 소년은 다시 목이 따끔거렸다. 소년은 쑥스러움에 얼굴이 달아오르는 것을 느꼈다.

"나도 기다렸어. 그런데 겨울방학 때 다리를 다치고 말았지 뭐야. 엄마가 아무 데도 못 가게 했어. 그래서 이번엔 방학이 시작하자마자 엄마를 졸라 저기 다리 건너에 있는 할머니 집에 놀러 온 거야. 나도 널 다시 만나는 날을 기다렸어. 넌 내가 만나본 아이 중 가장 이상한 아이니까. 이제 내가 죽지 않았다는 걸 알았지?"

여자아이는 자꾸 소년을 이상한 아이라고 했다. 그러나 이상한 건 여자아이였다. 지금은 전쟁 중인데 저 애는 어떻게 저렇게 태평한 걸까.

"방학이라고?"

"응, 여름방학. 난 방학이 정말 좋아. 학교는 재미없어."

"학교에 다닌다고?"

"응, 난 아홉 살이니까. 넌 학교에 안 다니니? 몇 살인데?"

"아홉 살."

"근데 학교에 안 가? 좋겠다. 난 학교가 싫어. 하지만 학교에 다니지 않으면 바보가 된다고 엄마가 그랬어."

"난 바보가 아니야."

"근데 넌 왜 학교에 안 다녀? 왜?"

"전쟁 중이니까."

"넌 자꾸 이상한 말만 하는구나. 지금은 전쟁 중이 아니야."

그때 다시 사이렌이 울렸다. 소년은 의기양양해졌다.

"봐, 이래도 전쟁 중이 아니라고? 들어봐. 사이렌이 울리잖아."

여자아이가 의아한 표정으로 소년을 보았다.

"뭐야, 너 진짜 모르는 거야? 이건 민방위 훈련 소리야. 민방위 훈련 몰라? 진짜 전쟁이 난 게 아니야. 전쟁은 없어."

"전쟁이 없다고?"

"그럼. 내년에는 우리나라에서 아시안게임이 열릴 거라고 했어. 그리고 1988년에는 올림픽도 열릴 거야. 서울올림픽. 근데 전쟁이라니. 너 설마 여태 전쟁놀이를 한 게 아니라 지금이 진짜 전쟁 중이라고 믿었던 거야?"

"거짓말하지 마."

"거짓말 아니야. 너, 진짜 바보구나? 엄마 말이 맞았어.

학교에 다니지 않으면 바보가 된다는 말이."

여자아이가 소년을 한심하다는 듯 쳐다봤다. 소년은 분해서 주먹을 꽉 쥐고 여자아이를 노려보았다.

"아까는 학교에 안 다녀서 부럽다고 했잖아."

이제 여자아이는 소년에 대한 흥미를 잃어버린 것 같았다.

"거짓말이었어."

"너, 거짓말쟁이구나."

소년의 목소리가 저도 모르게 떨렸다. 여자아이가 거짓말쟁이인 줄은 진즉 알고 있었다. 겨울에 온다고 했으면서 오지 않았지. 그때 죽은 줄 알고 얼마나 울었는데.

"바보보다는 거짓말쟁이가 나아. 넌 바보야!"

여자아이가 소년을 향해 소리쳤다.

"난 바보가 아니야!"

소년이 마주 소리쳤다.

"바보야. 넌 바보라고. 바보, 바보, 바보."

여자아이가 혀를 날름 내밀며 놀렸다. 웃지 않을 때의 여자아이의 얼굴은 하나도 예쁘지 않았다. 찡그린 얼굴이 보기 싫었다. 감독관을 끌어안고 있을 때의 안나의 얼굴 같았다.

"돼지 같은 ×."

저도 모르게 소년이 입 밖으로 욕설을 내뱉었다. 여자아이가 갑작스러운 욕설에 충격을 받은 것 같았다.

"넌 바보인 데다 아주 나쁜 애구나."

여자아이가 조금씩 뒷걸음질 치더니 비탈길을 오르기 시작했다.

"난 갈 거야."

"가지 마."

이대로 보내고 싶지는 않았다. 여자아이가 이대로 가버리면 자신은 영영 바보로 남게 된다. 자신이 바보가 아니라는 걸 보여줘야 했다. 소년이 엉금엉금 비탈길을 오르는 여자아이의 발목을 잡았다.

"재미없어. 넌 좋은 애가 아니야. 엄마한테 이를 거야."

여자아이가 소년의 손을 뿌리치려고 발을 흔들며 말했다. 그럴수록 여자아이의 발목을 움켜쥔 소년의 악력은 세져만 갔다. 이대로 가느다란 발목을 부서뜨릴 수도 있을 것 같았다.

"가지 말라고."

"싫어. 이거 놔!"

여자아이가 몸을 더 거세게 흔들자 발밑에 깔려 있던 돌멩이가 개울로 떨어져 내렸다. 여자아이가 허공에 발을 헛디뎌 밑으로 떨어진 건 한순간이었다. 불어난 개울물은 여자아이 하나쯤은 쉽게 삼킬 수 있을 듯했다. 여자아이가 개울물에 몸이 반쯤 잠긴 채 뿌리가 절반이나 뽑힌 풀줄기를 잡고 버텼다. 소년의 눈이 여자아이와 마주쳤다. 여자아이는 겁에 질려서인지 살려달라는 말도 하지 못하고 소년을 바라보며 붕어처럼 입만 뻐끔거렸다. 소년은 손을 뻗었다. 그러나 곧 거두고 말았다. 여자아이를 살리려면 손을 뻗어야 하는지 말아야 하는지 알 수 없었다. 여자아이가 지금 물에 빠져 허우적거리는 것도 결국은 자신과 접촉한 탓 같았다. 자신과 접촉한 사람은 모두 전쟁 바이러스에 감염되어 죽게 된다고 했다. 안나는 한 달, 두 달이 지난 후 피를 토하다 죽는다고 했지만 직접 피부를 접촉하면 즉시 죽음에 이르게 되는지도 몰랐다. 구하겠다고 손을 뻗어봐야 오히려 여자아이의 죽음을 재촉하는 일이 될 수도 있었다.

소년이 망설이는 사이 풀뿌리가 완전히 뽑히며 여자아이와 함께 아래로 떨어졌다. 여자아이가 허우적대기 시작했다. 그러나 허우적댈수록 여자아이의 몸은 물속에 더 깊이 잠겼다. 정말 구할 방법이 없을까. 없다고, 소년은 생각했다. 지금 여자아이를 구한다 해도 결국 여자아이는 죽게 될 거였다. 한 달이나 두 달 동안 검은 피를 토하며 죽어가

느니 지금 죽는 게 나을지도 몰랐다.

여자아이는 거짓말쟁이였다. 거짓말쟁이들은 벌을 받아야 한다. 지금이 전시가 아니라니. 그 말이 진짜일 리 없었다. 소년은 바보가 아니었다. 학교는 다니지 않았지만 책이라면 많이 읽었다. 아동 명작 동화뿐 아니라 어른들이 읽는 책도 다 읽을 수 있었다. 물론 재미도 없고 이해할 수도 없어서 재미있는 부분만 골라 읽었지만 어쨌거나 자신은 바보가 아니었다. 바보가 아닌 자신에게 바보라고 한 것만 봐도 여자아이는 거짓말쟁이가 분명했다. 그러니까 전쟁 중이 아니라는 말도 거짓말일 터였다. 거짓말을 하니까 벌을 받는 거다. 죽어갈 때가 돼서야 여자아이는 자신이 전쟁의 한가운데에 있었음을 깨닫게 될 것이다.

여자아이는 가라앉지도 않고 자꾸만 떠올랐다. 소년은 여자아이가 빨리 가라앉기를 바랐다. 빨리 가라앉아 자신의 눈에 띄지 않기를 기다렸다. 그래야 안 구한 게 아니라 못 구한 거라고 스스로를 속일 수 있었다. 빨리 눈앞에서 사라졌으면. 소년은 주변을 둘러보았다. 소년은 여자아이의 머리만 한 바위를 두 손으로 쥐고 흔들어보았다. 땅에 조금 박혀 있었지만 소년이 힘껏 흔들자 곧 뽑혀 나왔다. 소년은 가만히 강물을 내려다보았다. 여자아이는 보이지 않았다. 떠오르지 마라. 떠오르지 마라. 그러나 여자아이는 또 떠올랐다. 소년은 여자아이가 떠오른 곳을 조준해 바위를 던졌다. 너무 무거워서인지 바위는 여자아이가 있는 곳보다 더 가까운 위치에 떨어졌다. 물살이 튀었으나 여자아이를 완전히 가라앉도록 돕지는 못했다. 소년은 이번엔 주변의 돌들을 모았다. 열 개, 스무 개, 서른 개가 넘는 돌멩이가 모였다. 소년은 그것을 양손에 쥔 채 무작정 여자아이를 향해 던지기 시작했다. 자신이 용감한 똘이 장군이 된 기분이었다. 두려움을 이기기 위해서는 더 두려운 존재가 되어야 했다. 소년을 사로잡은 공포가 소년을 공포로 만들었다. 여자아이는 만화 속의 붉은 돼지였다. 간첩이었다. 괴뢰군이었다. 소년은 용감한 소년병이었다. 똘이 장군이었다. 조국과 민족의 무궁한 영광을 위하여 몸과 마음을 바쳐 충성을 다하는 용감한 어린이였다. 돼지 같은 ×. 돼지 같은 ×. 소년은 강물을 향해 마구 돌을 던졌다. 죽어. 죽어. 죽으라고. 내 눈앞에서 사라져. 내 눈에 띄지 마. 다시는.

"죽은 사람 본 적 있어?"

언젠가 소년이 안나에게 물은 적이 있었다.

"그럼."

"정말? 죽은 사람을 보면 기분이 어때?"

소년이 호기심에 차 묻자 안나가 소년을 물끄러미 바라보았다.

"그게 왜 궁금한데?"

"그냥. 궁금하잖아."

"그게 뭐가 궁금해."

"소름이 끼칠까?"

"뭐라고?"

"사람이 죽은 걸 보면 소름이 끼치냐고. 소름이 끼쳐봤으면 좋겠어."

"난 네가 소름 끼친다."

그렇게 말하는 안나의 팔에는 오스스 잔소름이 돋아 있었다.

물살에 휩쓸려 떠내려가는 여자아이를 보고 있자니 문득 그때의 대화가 생각났다. 여자아이가 완전히 물에 잠겨 다시는 떠오르지 않는 것을 지켜보며 소년은 무언가가 자신을 찾아오기를 기다렸다. 그러나 아무것도 오지 않았다. 소년은 틈새 안쪽에 무릎을 세우고 기대앉아 조금 울었다. 울고 나니 우울한 기분이 씻은 듯 개운해졌다. 마시지 않은 사이다 기포가 보글보글 몸속 깊은 곳에서부터 올라와 톡톡 터지는 느낌이었다. 여자아이에게 받은 쪽지를 찢어 물

위에 던져버렸다. 여자아이의 목소리가 들렸다. 이곳을 우리의 비밀기지로 삼자. 어림없는 소리였다. 이곳은 자신만의 비밀기지였다. 비밀기지를 공유할 생각은 없었다. 그리고 여자아이의 익사로 인해 이곳은 더더욱 소년만의 비밀장소가 될 터였다.

숨겨놓은 장난감도 꺼내어 발로 밟으려다 소년은 태엽 감는 병정만은 가져가기로 했다. 안나에게 들키지만 않으면 되었다. 어쩌면 안나는 관심도 없을지 몰랐다. 요즈음 안나는 대부분의 시간을 방에만 틀어박혀 지냈다. 오랜 대피 생활의 후유증인지 멍하게 지내는 시간이 길어졌다. 감독관이 가져온 약을 아침저녁으로 복용했는데 항상 몽롱한 채 말도 어눌하고 눈동자도 혼탁했다. 더 이상 소년이 무얼 하건 별로 상관하지 않았다. 그만큼 소년을 믿기도 했다. 안나를 안심시키는 방법은 간단했다. 전쟁에 대한 두려움과 공포를 드러내고 오후 5시의 사이렌 소리에 맞춰 국기에 대한 맹세를 하면서 안나의 거짓말을 완벽히 믿는 척하는 것.

집으로 돌아가며 소년은 다시 습관처럼 중얼거렸다. 소름이 끼쳤으면. 제발 소름이 끼쳤으면. 그러다 소년은 알게 되었다. 자신이 소름을 찾지 못하는 이유를. 소름은 집 밖에서 발견되는 게 아니었다. 소름은 소년의 몸 안에 있었다.

자신이 곧 전쟁이고 소름이었다. 자신과 닮은 사람은 누구든지 소름을 경험하게 된다. 소년은 몸 안의 소름이 자신을 덮칠까 두려운 듯, 자기 안의 소름으로부터 도망치듯 재빨리 집을 향해 걷기 시작했다. 그리고 누구라도 들으라는 듯 또다시 중얼거렸다. 소름이 끼쳤으면. 제발 소름이 좀 끼쳤으면.

5장

1인칭 관찰자 시점

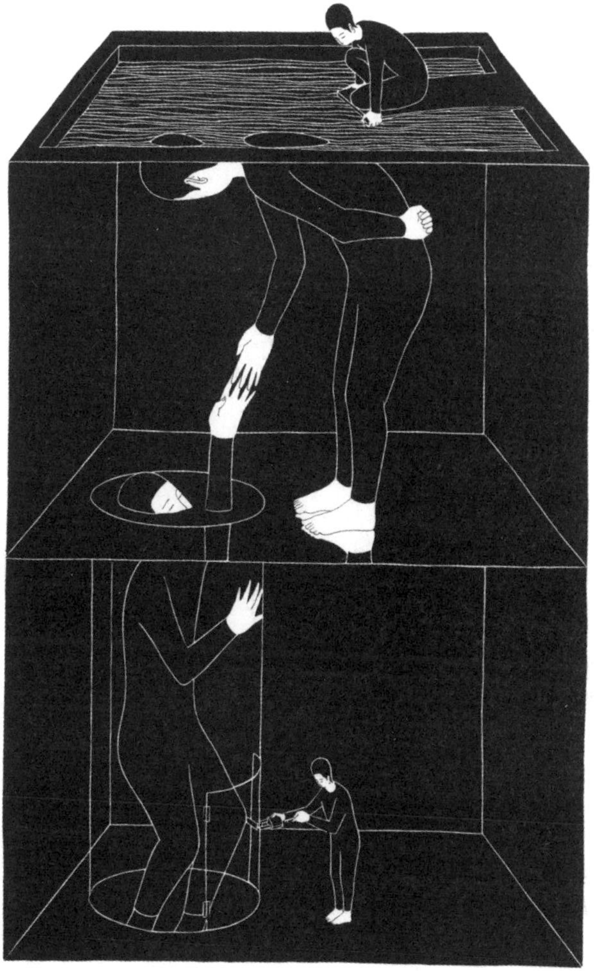

여자아이는 죽지 않았다.

조기준이 왜 이런 식으로 그날의 사고를 과장하는지, 여자아이가 미끄러진 것에 대해 자신의 의지로 그를 죽음에 이르게 했다고 말하는 건지 알 수 없었다.

어쩌면 조기준은 아직도 모르는 게 아닐까? 여자아이를 구하지 못한 죄책감에 그를 자신이 죽였다고 믿게 된 건지도 몰랐다. 불행한 환경 속의 아이들은 그런 식으로 자신의 행동이나 상황을 더 어두운 쪽으로 기억하거나 상상하는 경우가 종종 있었다. 자신에게 타인을 해할 절대적인 힘이 있다고 믿는 것이다.

조기준도 거의 40년이 넘도록 자신이 진짜로 여자아이를 죽게 두었다고 믿은 건가. 그렇다면 그가 타인을 해치는 바이러스가 몸 안에 있다고 믿은 건, 그래서 10년을 안가에 자신의 의지로 머물렀던 건, 그 때문인지도 몰랐다. 안나의 거짓을 믿은 게 아니었다. 실제로 자기 안에 폭력적인, 타인을 해치는 악한 바이러스가 있음을 스스로 믿었던 것이다. 죄책감이 그가 안가를 나온 후에도 그를 영원히 그 안에 머물도록 밀어붙인 것이다. 알려지지 않은, 처벌받지 않은 죄에 대해 조기준이 휴먼북의 형태로나마 진술하는 건, 그렇게라도 자신의 죄를 발설함으로써 뒤늦게나마 단죄받고 싶은 욕망의 발현인지도 몰랐다.

여자아이는 그날의 불운한 사고에서 곧 회복했다. 그렇다. 나는 이 이야기의 끝을 안다. 그러나 나는 그에게 알려주지 않을 것이다. 그 사고로 나 역시 고통받았다. 그가 자신의 죄의식에서 벗어나기를 바라지 않는다. 우식에게도 내가 아는 진실, 조기준의 이야기이지만 조기준은 모르는 나만 아는 이야기를 들려주지 않을 것이다.

나는 오래전 조기준의 이야기를 쓴 적이 있다. 내가 쓴 이야기는 시나리오 공모전에서 작은 상을 받았으나 영화화되지는 않았다. 나는 그것이 세상에 공개되기를 원했고 또 공개되지 않기를 원했다. 동시에 내가 만난 아이가 어디선가 내가 쓴 이야기를 보고 내 앞에 나타나주기를 바랐다. 그 아이를 비난하려는 것이 아니었다. 단지 그 아이가 나의 상상이 아니라는 것을 확인하고 싶었을 뿐이다. 그날의 진실을 아는 나 아닌 다른 사람을 만나고 싶었을 뿐이다.

그 사건이 있은 후 나는 호주로 이민 간 큰삼촌과 다행히 연락이 닿아 그곳에서 생활하게 되었다. 큰삼촌 가족은 사이비 종교에 빠진 내 엄마와 인연을 끊었으나 뒤늦게 그들의 죽음과 내가 입양되었다가 파양되었다는 소식을 듣고는 그냥 두고 볼 수만은 없었던 모양이었다. 큰삼촌이라고 넉넉한 형편인 건 아니어서 나는 조카라기보다는 농장의 어린 일꾼으로 생활했다. 그럼에도 그들은 내 가족이었다. 나는 커다란 울타리 안에서 내가 일하고 행동하는 만큼 정당한 대우를 받았다. 그들은 내게 집과 밥을 제공했고, 교육을 시켜주었고, 무엇보다 내가 스스로의 노동을 통해 살아갈 수 있는 사람이라는 사실을 알려주었다. 피곤에 절어 잠들어도 일어나면 해야 하는 일들이 다시 또 생겨나는 생활 속에 머물게 함으로써 내가 어린 날의 비극과 나쁜 상상에 매몰되는 대신 하루하루 작은 일들을 내 힘으로 해 나가며 자신의 소박한 가치를 믿고 삶을 꾸려가도록 해주었다.

그러나 성인이 되어 한국으로 돌아와 혼자 생활하게 되었을 때, 나는 다시 그날의 기억에 천착했다. 그리고 시간이 날 때마다 그 아이에 대한 정보를 찾고자 했다. 그러나 그가 나와 또래라는 것만 기억할 뿐 이름도 몰라서 찾는 게 쉽지 않았다.

그래서 그 시나리오를 썼다. 상상이라면 상상이니까 나 자신의 이야기로 얼마든지 바꾸어 써도 좋았다. 그 아이가 진짜 존재했다면, 이 이야기를 보고 내 앞에 나타나주기를 바랐지만 그런 일은 일어나지 않았다. 대신 나는 그것이 나 자신의 이야기인 척함으로써 몇 가지 부가적인 이득을 얻었다. 내 이야기를 바탕으로 한 단편소설도 한 편 나왔다. 그때도 내가 원한 건 그 이야기를 보고 조기준이 나를 찾아오는 거였다. 그것은 사실 나의 이야기라고, 왜 당신이 나인 척하느냐고 비난하러 오기를 바랐다. 그러면 나는 말할 거였다. 나는 이미 너로 오해받은 적이 있으며, 그것으로 인해 내 인생은 완전히 바뀌었다고.

원망하는 마음이 없다고는 할 수 없었다. 나는 다만 궁금했다. 나의 운명을 바꾼 아이는 그 후 어떤 삶을 살았을까. 그 사건이 내 운명을 바꿔놓은 것처럼 그의 운명도 바꿔놓았을지 궁금했다. 어떤 면에서는 그의 이야기가 나를 시나리오 작가로 만들어주었으니 그는 내 인생을 두 번 바꿔놓은 셈이기도 했다. 한 번은 나쁘게, 한 번은 좋게. 결국은 공평하다고 생각했고 마침내 나는 더 이상 과거에 집착

하지 않을 수 있었다. 나는 그 후 가정을 꾸리고, 이혼을 하고, 많은 일을 겪으며 한동안 그 아이를 잊었다. 우식이 내게 연락해 오기 전까지는.

조기준도 나를 잊었을 거라고 생각했다. 그러나 조기준은 나를 잊지 않았다. 어느 날《휴먼북 조기준》을 열람하겠느냐는 알림이 왔다. 그가 신청을 수락한 거였다. 나는 그곳에서 내 이야기지만 내 이야기가 아닌 이야기, 잊고 있던 어린 시절의 이름과 만난다. 그렇게 나는 조기준을 계속 1983년의 안가에 가둔 그의 어두운 벽장 속 이야기를 알게 된다.

챕터 5

봉인된 소년, 1993년 가을

"안나는 정말 개 같아."

소년이 웃으며 말하자 안나가 진짜 개처럼 방바닥에 몸을 웅크리고는 끙끙 신음 소리를 냈다. 목에 맨 밧줄 때문에 더욱 개처럼 보이기도 했다. 안나가 개가 되는 건 좋았다. 안나는 때로 노인이 되거나 울고 보채는 아이가 되었는데 그보다는 말 잘 듣는 개가 되는 편이 나았다. 안나는 사람일 때보다 개가 됐을 때 사람의 말을 더 잘 알아들었다. 안나는 주인한테 혼나고 눈치를 보는 개처럼 두려움에 떨며 구석에서 나오려고 하지 않았다.

"이리 와. 내가 사람은 때려도 개는 안 때린다고 했잖아."

소년이 다정하게 말해도 안나는 소년이 당장이라도 자신을 해칠 것처럼 두려운 기색을 감추지 못했다. 팔에 돋아난 발진이 그 증거였다. 안나는 극도의 공포감이나 흥분에 젖을 때면 붉은 발진을 피워냈다. 소년은 그 발진을 좋아했다. 꽃이 핀 것 같았다. 제 몸에 스스로 꽃을 피우는 안나가 자랑스럽기도 했다. 자신이 안나에게 그런 공포감을 주는 사람으로 성장했다고 생각하니 꽤나 만족스러운 기분이 되었다.

소년은 거울에 자신을 비춰보았다. 열일곱. 골격이 남자다워지기 시작했다. 키도 자라고 어깨도 넓어졌다. 팔뚝과 종아리에도 근육이 붙었다. 8년이면 충분했다. 이제는 누구도, 죽어가던 여자아이 곁의 소년을 지켜본 목격자라 해도 소년이 그때의 아홉 살 소년과 같은 인물이라고는 생각지 못할 터였다. 4년 넘게 하루에 네 시간씩 체력 단련에 힘써온 덕분이었다. 팔굽혀펴기 100회, 윗몸일으키기 100회, 스쿼트 100회. 그리고 정신 강화를 위해 매일 오후 5시, 알람으로 설정해둔 사이렌 소리에 맞춰 국기에 대한 맹세를 외웠다.

1988년, 서울올림픽을 본 후부터였다. 올림픽은 안가에서 텔레비전을 통해 봤다. 그랬다. 안가에는 텔레비전도 있고 라디오도 있었다. 없는 건 전쟁뿐이었다. 소년은 올림픽 영웅이 되는 꿈을 꿨다. 금박지로 만든 금메달을 목에 걸고 태극기를 향해 경례를 하면 어쩐지 감격의 눈물이 흐를 것 같았다. 전쟁이 없는 지금 영웅이 되는 방법은 그 길밖에 없다고 생각했다. 물론 지금 자신의 처지로 올림픽 영웅이 되기란 불가능했다. 그러나 안나의 영웅이 될 수는 있었다. 안나는 이제 소년 없이는 아무것도 못 했다. 개는 돌봐줄 주인을 필요로 했다.

섬망이 심해지면서 안나는 자꾸만 몰래 집 밖으로 나가려고 했다. 할 수 없이 소년은 안나를 묶어두기 시작했다. 밧줄이 길어서 안나는 집 안 어디로든 갈 수 있었지만 밖으로는 나갈 수 없었다. 안나 역시 자신의 행동이 통제된다는 사실에 오히려 안심하는 것 같았다.

안나가 약을 끊은 지 1년이 넘었다. 감독관이 대신 처방받아 온 신경안정제, 수면 유도제와 같은 향정신성의약품들은 모두 소년의 서랍에 보관되었다. 소년은 약 대신 아침저녁으로 비타민을 건네주었고 안나는 아무 의심 없이 그것을 받아 먹었다. 1년간 모은 약이 소년의 서랍에 차곡차곡 쌓였다. 그걸 모아 무엇을 하려 한 건 아니었지만 치사량의 수면제가 모이자 소년은 안나의 미친 짓마저 귀엽게 보였고 아침마다 식욕도 더 도는 듯했다.

약을 끊고 3개월이 지날 무렵부터 안나는 이상 증세를 보였다. 보이지 않는 것을 보고 들리지 않는 것을 들었다.

그럴듯한데? 소년은 생각했다. 안나의 증상이 심해지면서 안나는 점점 더 재미있는 사람이 되었다. 소년을 고등학생 시절 담임선생으로 오해하거나, 자신을 열일곱 소녀라고 착각하기도 했다. 처음 감독관을 만나 영화를 찍었던 스무 살의 안나가 되어 소년에게 애교를 부리기도 했다. 그럴 때의 안나는 뛰어난 배우 같아서 지켜보는 재미가 있었다. 소년은 자꾸만 자꾸만 변신하는 안나가 좋았다. 안나의 변신에 따라 자신 역시 감독관이 되었다가 사육사가 되었고 종종 안나의 주치의나 보좌신부가 되는 것도 즐거웠다. 안나가 옛날이야기를 꺼내기 전까지는 이 모든 게 그저 재미있었다. 안나가 이상한 소리를 시작하면서부터 양상은 바뀌었다.

"우리 같이 자수하자."

안나는 갑자기 정신이 돌아온 듯 멀쩡한 얼굴로 소년을 안쓰럽다는 듯 보며 그렇게 말했다.

"내가 어리석었어. 넌 아직 어려. 어려서 네가 뭘 잘못했는지도 모르는 거야. 괜찮아. 난 널 용서해. 용서할 수 있어. 그러니까 이제 여기서 그만하자."

용서를 해준다고? 도대체 무얼? 소년은 안나가 헛소리를 하는 날이면 서랍에 모아놓은 수면제를 꺼내어 정량의 세 배 이상을 먹였다. 그러면 안나는 24시간이 지나도록 오래 잠들었다 깨어 섬망 상태에서 다시 재미있는 안나, 소년이 기르는 개나 고양이, 혹은 소년이 어린 시절 꿈꿨던 천년여왕 안나로 변신했다.

안나가 소년을 무서워하기 시작한 건 소년이 아홉 살이었던 1985년 가을부터였다. 서울에서 방학을 맞아 놀러 왔던 여자아이가 죽고, 사고를 목격한 누군가가 그 일에 소년 또래의 남자아이가 개입되었다고 증언하면서 수사가 본격화된 때였다. 안가에도 경찰들이 찾아왔다. 경찰들이 돌아가고 벽장에 숨어 있던 소년이 나왔을 때 안나가 물었다.

"아니지?"

"뭐가?"

"여자아이가 죽었어."

"그런데?"

"네 또래의 남자아이가 다리 위에서 여자아이를 미는 걸 봤다는 사람이 있어."

"내가 그랬다면?"

"네가 그랬니?"

"내가 그랬다고 해도 안나는 경찰에 이르지 못하잖아.

그럼 나도 안나가 날 납치한 거라고 말할 테니까. 그래도 돼?"

소년은 그때 안나의 눈에 서린 두려움이 좋았다. 그래서 그 후에도 소년은 종종 비슷한 장난을 쳤다.

"안나, 죽은 사람 얼굴 본 적 있어?"

"아니."

"그럼 죽어가는 사람은?"

"왜 그런 소릴 하니?"

"재미있잖아. 난 죽어가는 사람 본 적 있는데, 꼭 지금 안나의 표정을 닮았어."

그러면 안나는 말없이 소년을 쳐다보다가 방으로 들어가 문을 잠갔고 소년은 왠지 자신이 아주 커진 기분이 들어 흡족했다. 얼마 뒤 몇 해 전 입양된 소년 또래의 남자아이가 용의자로 지목되었고, 증거는 없었으나 의심을 받던 끝에 결국 파양되어 다시 원래 지내던 보육원으로 돌아갔다는 이야기가 들려왔다. 소년은 그 아이가 누구인지 짐작이 갔다. 근배였다.

*

차라리 나도 엄마 아빠가 없으면 좋겠다. 근배를 볼 때면 소년은 자꾸 그런 생각이 들었다. 근배는 소년이 할머니의 집에 와서 살면서 유일하게 알게 된 또래 남자아이였다. 얼마 전까지만 해도 보육원에서 지냈는데, 마을에서 가장 큰 집에 입양되어 온 지는 얼마 안 되었다고 했다. 소년은 교각 아래에 놀러 갔다가 그곳에서 근배를 처음 만났다. 그곳은 원래 소년만 아는 비밀기지였다. 그런데 처음 보는 또래의 사내아이가 있었다. 책가방을 멘 걸 보니 학교에 가려던 길 같았고 가방에는 1학년 4반 김근배라 적힌 초록색 이름표가 붙어 있었다.

"넌 학교에 안 가니?"

소년이 묻자 아이가 대답했다.

"가기 싫어."

"왜? 재미없어?"

"응, 재미없어. 전쟁이라도 났으면 좋겠다."

"전쟁은 왜?"

"전쟁 나면 학교 안 가도 되잖아."

전쟁보다 싫은 게 학교에 가는 거라니. 내년부터는 나

도 학교에 가야 하는데. 소년은 학교가 그렇게 무서운 곳인가 싶어 덜컥 겁이 났다.

다음 날도, 그다음 날도 교각 아래에 가면 근배가 있었다. 입양되어 왔다는 게 소문이 났는지 근배는 아이들에게 고아라고 놀림을 받아서 학교에 가기 싫다고 했다. 그곳에서 소년은 근배와 주로 전쟁놀이를 했다. 근배는 전쟁놀이를 좋아했는데, 입양되기 전 큰 집에 갇혀 있을 때 함께 지낸 아이들 서너 명과 자주 하던 놀이라고 했다.

"갇혀 있었다고?"

"응, 전쟁이 일어난 줄 알았거든."

근배의 어머니는 아버지가 공사 현장에서 억울하게 사망한 후 이상한 종교에 빠졌는데, 조그만 섬유 공장을 운영하며 모여서 생활하는 신앙 공동체였다고 했다. 그들은 종교적 신념에 따라 아이들을 학교에 보내지 않고, 아파도 병원에 데려가지 않았으며, 바깥 세상은 더럽고 추한 곳이라며 외부와의 접촉을 차단하고 숙소에서 나가지 못하게 가둬두었다고 했다. 혹시라도 철없는 아이들이 바깥의 부정한 세계에 오염될까 봐 지금이 전시 상황이라는 거짓말로 공포를 조장한 모양이었다. 그 거짓말을 믿고 근배는 다른 아이들과 1년 가까이 공장 지하실에서만 지냈다.

그 단체는 2년 전 9월 11일을 휴거일로 정하고, 영혼이 더럽혀지지 않은 순수한 아이들과 함께 죽어야만 다 같이 천국에 갈 수 있다면서 아이들과 집단 자살을 도모했다. 그 과정에서 한 명의 이탈자가 발생하면서 아이들만은 살아남아 보육원으로 보내졌다. 이 사실이 뉴스를 통해 알려지며 독지가가 나타나 근배의 경우에는 다행히 지금의 부모에게 입양된 것이었다. 근배가 사는 집은 멀리서 보기에도 여태껏 소년이 본 집 중 가장 좋았는데, 흰 담장으로 둥그렇게 둘러싸인 이층집이었다. 2층의 오른쪽 공간이 근배의 방이었는데 집에는 다락방도 있고 피아노도 있고 강아지도 있고 귀여운 동생도 있다고 했다.

근배는 가방에서 새엄마가 싸줬다는 간식을 꺼내어 소년에게 주기도 했다. 과자도 봉지째 그냥 넣은 것이 아니라 딸기 웨하스, 초코파이, 땅콩 초콜릿 등을 종류별로 소분해 예쁜 봉투에 담아 리본으로 정성껏 묶은 것이었다. 토끼 모양으로 깎은 사과도 소년은 근배의 도시락에서 처음 보았다. 사과가 토끼 모양이라니. 전쟁에서 살아남으면 새로운 엄마, 새로운 아빠를 만나 토끼 모양으로 깎은 사과를 먹으며 행복하게 살 수 있는 거구나. 아삭한 사과를 씹으며 소년은 생각했다. 그러려면 어떻게 해야 하지. 해답은 하나뿐이었다. 우선 엄마 아빠가 없어져야 했다.

그날 이후로 근배는 보이지 않았다. 소년이 오후 늦도록 교각 아래에서 기다렸으나 근배는 오지 않았다. 아무래도 학교에 가지 않은 게 들켜서 혼이 난 것 같았다. 혹시나 하고 근배의 집에 갔다가 차를 타고 새엄마와 함께 내리는 근배를 봤다. 이제 엄마가 차로 등하교를 시켜주는 모양이었다. 소년은 자동차를 타고 학교에 오가는 아이를 그때 처음 봤다. 자신과 꼭 닮았지만 전혀 다른 생활을 하는 근배가 자꾸 미워졌다. 자신도 저런 보살핌을 받아보고 싶었다. 근배가 어떻게 저런 행운을 얻게 되었는지 근배에게 들은 이야기를 떠올렸다. 역시. 소년은 생각했다. 저런 새엄마를 만나려면 지금의 엄마 아빠가 없어져야 해.

어차피 지금도 없는 거나 마찬가지였다. 아빠는 두 달째 소식이 없었고 엄마 역시 할머니 집에 소년을 두고 서울로 간 후 전화로 가끔 안부를 묻는 게 전부였다. 이럴 거면 차라리 없는 편이 나았다. 소년은 만화 〈천년여왕〉을 보며 소원을 빌기 시작했다. 천년여왕이 찾는 소년이 나였으면. 그러다가 천년여왕을 꼭 닮은 배우, 안나를 우연히 보게 되었다.

할머니는 안나의 집으로 일주일에 두 번씩 집안일을 하

러 가기 시작했다. 원래 영화 촬영장으로 지어졌다는 별장은 산속 깊숙이에 마치 비밀기지처럼 숨어 있어서 가까이 가기 전까지는 그곳에 집이 있다는 것을 알기 어려웠다. 동네 사람들은 안나가 몹쓸 병에 걸려 요양차 이곳에 왔다고 했고, 할머니는 그런 그를 두고 저렇게 예쁜데 어쩌다 미쳐서, 라며 혀를 끌끌 찼다. 그러나 소년은 안나가 아픈 게 아니라 비밀스러운 임무를 수행하기 위해 온 거라고 믿었다. 처음 이사 온 이후로 사람을 기피해서 집에만 머무는 점도 수상했다. 정말 라메탈 행성으로 데려갈 아이를 찾으러 온 게 아닐까, 소년은 혼자 상상해보기도 했다.

소년은 할머니가 일하러 갈 때마다 할머니를 졸라서 그 집에 따라가곤 했는데 안나에게 존재를 들키지 않도록 주의하는 게 그 조건이었다. 안나는 아이들을 싫어한다고 했다. 소년은 할머니가 청소를 하거나 음식을 만드는 동안 방 안에만 있는 안나 몰래 집 안을 탐색했다. 지하실까지 총 세 개 층으로 이루어졌으나 비탈진 곳에 위치한 탓에 밖에서 보기엔 단층으로 보이는 집은 미로처럼 숨기에 좋은 구석이 여기저기에 있었다. 안나가 식사하러 방에서 나오는 점심때가 되면 소년은 거실 한쪽에 있는 책장에서 아무 책이나 꺼내 들고는 주로 지하 식료품 창고에 숨어서 시간을 보냈다. 그렇게 숨어 있어야 하는데도 이상하게 그 집에만 가면 행복해졌다. 언젠가 이런 집에서 살면 얼마나 좋을까. 저렇게 예쁜 안나가 엄마라면 얼마나 좋을까. 그런 생각을 하다 보면 배가 찌르르했고 손으로 배를 살살 만지다 보면 좋은 꿈을 꾸며 잠들게 될 것 같았다.

마을에는 같이 어울릴 아이들이 없었다. 근배도 성실히 학교에 다니는지 더 이상 만날 수 없었고, 그래서 소년은 가끔 진짜 전쟁이라도 났으면, 그러면 학교에 가지 않은 근배와 재미나게 놀 수 있을 텐데, 하는 생각을 하기도 했다. 혼자 놀다 보면 자꾸 안나의 집이 생각났다. 안나의 집에는 숨을 곳만큼이나 책도 많았다. 소년은 할머니가 일을 하러 가지 않는 날에도 혼자 그 집에 놀러 갔다. 지하실의 뒷문을 몰래 열어놓고 온 덕분에 집 안을 마음대로 드나들 수 있었다. 안나에게만 들키지 않으면 괜찮았다. 그 집의 책들은 아빠가 사주던 오류투성이 책들과 달랐다. 소년은 그곳에서 잡히는 대로 책을 읽었다. 어떤 건 한 장을 다 읽고도 무슨 내용인지 이해할 수 없었지만, 가끔 낮게 소리 내어 읽다 보면 알 수 없는 힘이 느껴지기도 했다. 정확히 무슨 뜻인지는 몰라도 소리 내어 읽는 것만으로 그 문장들이 퍼져 나가 세상을 진짜로 바꿔놓을 것만 같았다.

소년은 전부터 모두가 한목소리로 같은 말을 내뱉는 광경을 좋아했다. 그 상황이 우스꽝스러우면서도 자신이 코미디 영화의 주인공이 된 것 같아 괜히 으쓱해졌다. 그래서 국기 하강식이 열리는 오후 5시가 되면 늘 마을 사람들이 가장 많이 오가는 마을 회관 앞을 서성였다. 정시를 알리는 사이렌이 울리고 어른도 아이도 남자도 여자도 다 같이 가던 길을 멈춘 채로 가슴에 손을 얹고 마을 회관의 깃대 끝에서 펄럭이는 태극기를 향해 같은 말을 외울 때면 이상한 희열이 느껴졌다.

"나는 자랑스러운 태극기 앞에 조국과 민족의 무궁한 영광을 위하여 몸과 마음을 바쳐 충성을 다할 것을 굳게 다짐합니다."

모든 마법에는 마법을 일으키는 주문이 있었다. 소년은 국기에 대한 맹세도 일종의 주문이라고 생각했다. 힘이 있는 사람이건 힘이 없는 사람이건, 부자건 가난한 사람이건, 모든 사람을 정지시키고 같은 동작, 같은 말을 하게 하는 그 말의 힘에 새삼 감탄하며 놀라곤 했다. 같은 말을 여러 사람이 여러 번 반복하면, 그 말은 결국 어떤 식으로든 힘을 가지게 된다고 소년은 생각했다. 그것이 안나의 지하실에 숨어 책을 읽으며 같은 말을 반복한 이유였다. 안나가 날 입양해줬으면 좋겠어. 나는 결국 이 집에서 안나와 둘이 살게 될 거야. 그렇게 되기 위해선 엄마와 아빠가 없어야겠지만 그래야 한다면, 꼭 그래야 한다면…… 그래도 좋겠다고 소년은 중얼거렸다. 그래도 좋아. 안나와 이 집에서 둘이 살 수만 있다면.

소년은 그날도 지하실에서 책을 읽고 있었다. 식사 시간이 지나자 슬슬 배가 고파왔다. 손에 닿는 선반에 있던 상자에서 그동안 쿠키를 티 나지 않게 조금씩 꺼내 먹는다고 먹었는데 어느새 상자는 텅 비어 있었다. 다행히 들키진 않은 것 같았다. 소년은 식료품 선반을 찬찬히 살펴보았다. 맨 위 칸에 뜯지 않은 쿠키 상자가 있는 게 보였다. 의자에 올라가 발돋움하고 손을 뻗으면 꺼낼 수 있을 것도 같았다. 소년은 의자에 올라가 손을 뻗었다. 쿠키 상자까지는 손이 닿지 않았다. 할 수 없이 선반에 발을 딛고 올랐다. 그러자 소년의 무게에 선반이 흔들리면서 식료품들이 바닥으로 쏟아졌다. 소년 역시 바닥에 떨어지며 쿵, 큰 소리가 났다. 무릎이 까지고 피가 났다. 아픈 것보다 안나에게 들킬 것이 더 두려웠다. 터진 밀가루 포대며 설탕 봉지, 나뒹구는 통조림 따위로 지하실은 이미 엉망이었다. 잠시 후 지하실 문이 열리는 소리가 나더니 누군가가 계단을 내려왔다. 안나였다. 재빨리 숨는다 해도 금방 들킬 터였다. 도둑이라고 생각하면 어쩌지. 쿠키를 훔쳐 먹었으니 진짜 도둑인 것도 맞았다. 두려움에 왈칵 눈물이 날 것 같았다. 소년이 떠는 사이 계단을 다 내려온 안나가 스위치를 올렸다. 환한 조명 아래로 넘어진 채 무릎에 피를 흘리며 울먹이는 소년의 모습이 고스란히 드러났다.

"피가 나잖니."

안나는 낯선 소년을 보고 조금 놀랐으나 그보다는 소년의 무릎에서 흐르는 피에 더 당황한 듯했다.

"다쳤어요."

"어쩌다가?"

쿠키를 몰래 꺼내 먹으려다 다쳤다고 실토할 순 없었다. 소년이 대답을 망설이는 사이 안나가 의심스러운 얼굴로 물었다.

"그러고 보니 넌 여기에 어떻게 들어온 거니? 뭘 훔치려고 한 거니?"

안나의 차가운 표정을 보자 소년의 눈에 눈물이 맺혔다. 안나에게 이런 꼴을 보이고 싶진 않았는데. 이제 안나에게 입양되기는 틀린 거야. 나쁜 아이는 입양되지 않는다고 했는데. 그럼 어떤 아이가 입양되더라. 소년은 근배를 떠올렸다. 불쌍한 아이. 근배가 좋은 새엄마와 새아빠를 만난 건 그가 불쌍한 아이기 때문이었다. 소년은 텔레비전에서 본 불쌍한 아이들을 떠올렸다. 그리고 어깨를 들썩이며 울기 시작했다.

"울지 마. 나는 우는 아이를 싫어해."

끽끽거리던 소년이 울음을 그치려고 애쓰며 콧물을 닦자 안나가 약간은 누그러진 목소리로 달래듯 다시 물었다.

"아파서 그러니?"

아픈 아이에게는 다정해지는 건가 싶어 소년은 일단 고개를 끄덕였다.

"무릎만이 아니라 팔도 멍투성이구나. 넘어졌니?"

"맞았어요."

넘어졌다고 하면 지하실을 엉망으로 만든 잘못까지 추궁당할 것 같아 소년은 거짓말을 했다. 그러자 안나의 얼굴에 어린 걱정스러운 표정이 한층 더 짙어졌다. 소년은 그 다정한 표정이 좋았다.

"누구한테?"

소년은 대답하지 않았다. 누구한테 맞았다고 해야 할지 바로 떠오르지 않아서 대답을 못 했을 뿐이었으나 안나는 소년이 두려움 때문에 말을 못 하는 거라고 여기는 듯했다.

"가여워라. 무서워하지 마. 여긴 안전해. 혹시 그래서 여기에 숨어 있었던 거니?"

소년은 고개를 끄덕였다. 끄덕이기만 하면 되었다. 나중에 안 거지만 안나는 늘 최악을 생각하는 사람이었다. 안나가 집에만 머물게 된 것도 그런 성향 때문이었다. 애초에 시나리오는 안나가 만들어낸 거였다.

"왜?"

"무서워서."

안나에게 들킬까 봐 무서워서 숨어 있었던 거니까 거짓말은 아니었다. 그러나 안나는 다르게 받아들인 것 같았다.

"우선 치료를 하자."

소년은 안나를 따라 지하실을 벗어났다. 처음으로 거실의 푹신한 가죽 소파에 앉았다. 구급약을 찾으러 간 안나는 빨간약과 함께 따뜻한 코코아와 슈크림 빵도 들고 왔다. 소년이 코코아를 마시는 동안 소년 앞에 무릎을 꿇고 앉아 빨간약을 발라주며 안나가 조심스레 물었다.

"혹시 전에도 이렇게 맞은 적 있니?"

"네."

"누구한테?"

소년은 안나의 얼굴을 쳐다보느라 질문은 듣지 못했다. 이렇게 예쁜 배우가, 마치 천년여왕 같은 배우가 자기 앞에 꿇어앉아 약을 발라주다니. 이 시간이 영영 지속됐으면 좋겠다고 생각했다. 안나가 내 새엄마였으면. 그래서 자신도 모르게 읊조렸다.

"엄마 아빠가 없어졌으면 좋겠어요."

약을 바르고 밴드를 붙여주던 안나의 손길이 잠시 멈칫했다. 이내 처치를 끝낸 안나가 일어서며 말했다.

"언제든지 이곳에 숨어도 좋아."

그 후 소년은 거의 매일 안나의 집에 갔다. 할머니가 일하러 가는 날만 피하면 되었다. 안나는 소년이 놀러 오면 새로 난 상처가 있는지 살폈다. 학대받는 아이 역할은 재미있었다. 안나가 자신에게 흥미를 갖는 이유는 순전히 자신이 매 맞는 아이라서라고 소년은 생각했다. 얼굴이나 팔처럼 눈에 띄는 부위의 멍이 심할수록 안나는 더 다정해졌다. 그래서 안나의 집에 가기 전에 소년은 일부러 이마를 긁어 상처를 내거나 푸른 멍이 들도록 팔을 세게 꼬집거나 모서리에 다리를 찧었다. 그럼 안나는 애틋한 손길로 약을 발라주며 소년을 위로해주었고, 소년은 안나의 따뜻한 품에서 나는 복숭아 향기를 마음껏 들이마실 수 있었다.

할머니가 조카딸의 육아를 도우러 부산에 가면서 소년은 할머니를 따라가게 되었다. 엄마는 그렇게 알고 있었다. 그러나 소년은 안나와 헤어지고 싶지 않았다. 저녁에 아빠가 데리러 오기로 했다고 할머니에게 거짓말을 하고 소년은 혼자 남았다. 할머니가 떠난 후 소년은 안나가 준 아껴두었던 초콜릿을 모두 입에 넣었다. 앞으로 할 일을 생각하면 달콤한 음식으로 먼저 기분을 좋게 만들어야 했다. 결심이 서자 소년은 허름한 옷차림으로 산길을 기듯이 올랐다. 나뭇가지에 여린 피부의 여기저기가 쓸렸다. 산 중턱에 올랐을 즈음 소년은 적당한 비탈을 골라 일부러 발을 헛디뎠다. 그리고 구르기 시작했다. 날카로운 돌에 몸 이곳저곳이 긁히는 게 느껴졌다. 온몸이 욱신욱신하고 피멍이 비치자 소년은 구르기를 멈추었다. 이번에는 잔돌을 들어 이마를 때렸다. 처음에는 무서워서 세게 때릴 수 없었다. 그럴 땐 안나를 생각했다. 천년여왕을 생각했고, 소년에게는 라메탈 행성보다 더 좋은 안나의 별장을 생각했다. 한 번, 두 번, 세 번. 세 번째가 되자 손에 힘이 잔뜩 들어갔다. 돌에 찢긴 이마에서 붉은 피가 흘렀다. 소년은 이 정도면 되었다고 생각하며 절뚝거리는 발을 끌고 안나의 집으로 향했다.

"어떻게 된 거니?"

문을 열고 소년의 모습을 확인한 안나가 놀라서 물었으나 소년은 많은 말을 할 수 없었다. 입술이 찢어져 피가 흐르고 있던 탓이었다.

"아빠가……."

그 말이면 충분했다. 안나는 소년에게 방을 내주었고, 그날 밤 그곳에서 재워주었다. 그리고 소년은 그 후 오래도록 그 집에서 나오지 않았다.

며칠 후, 소년이 사라진 걸 안 엄마가 서울에서 돌아와 이곳저곳을 들쑤시고 다닌 모양이었다. 실종된 소년을 찾던 경찰이 돌아간 후, 당황한 안나가 숨어 있던 소년에게 소식을 들려주었다. 소년은 울면서 바닥에 이마를 찧었다.

"거짓말이에요. 돌아가면 난 맞아 죽을지도 몰라요. 어차피 죽을 거라면 차라리 여기서 죽어버릴 거예요."

안나는 일단 소년을 진정시켜야 했다. 착한 안나. 착하고 멍청한 안나. 안나가 소년을 달래며 품에 안아주었을 때 소년은 속으로 그렇게 중얼거렸다. 안나는 어리석었고, 사람을 두려워해서 아무도 자신을 알아보지 못하는 시골에 은둔하듯 숨어 지내면서도 사람의 체온을 그리워했다. 한 달에 한 번, 필요한 식자재와 신경안정제를 가져다주는 감독관과의 만남으로는 충분하지 않았다. 그것이 안나가 소년을 그리도 쉽게 믿고, 소년을 곁에 둔 이유였음을 소년은 나중에 알게 되었다. 소년에게는 행운이었다. 소년이 안나에게 가끔 "안나를 만나다니. 나는 저주받은 아이들 중 가장 축복받은 아이일 거야"라고 말한 건 그런 이유에서였다. 안나는 소년의 눈물을 외면하지 못했다. 거짓말을 들켜 집으로 돌려보내질까 봐 자다가도 깜짝깜짝 깨어 두려움에 떠는 소년의 공포를 안나는 잘못 이해했고, 모른 체하지 못했다. 그게 안나의 죄였다. 그렇게 3개월 정도 시간이 흐르자 소년은 더 이상 거짓말을 하지 않아도 되었다.

"있잖아, 책에서 보니까 안나 같은 사람을 뭐라고 하는지 알아?"

소년이 안나를 끌어안고 묻자 안나가 고개를 저었다.

"납치범이래."

"뭐라고?"

안나가 품에서 소년을 밀어내며 그 눈을 가만히 쳐다보았다.

"날 납치했잖아. 엄마 아빠가 날 찾는데도 지하실에 숨겨놓고 돌려보내지 않았잖아."

소년이 안나의 가슴에 파고들며 중얼거리자 안나는 부르르 몸을 떨며 소년의 손을 매몰차게 떼어냈다.

"그건 네가 학대를 받았으니 숨겨달라고 해서……."

소년이 웃었다.

"내가? 난 기억이 안 나. 봐, 난 아무렇지도 않은데?"

소년은 멍든 자국도 찢긴 상처도 남지 않은 흰 팔과 다리를 내밀며 웃었다.

"걱정하지 마. 안나가 날 납치한 건 비밀로 해줄 테니까. 안나가 날 배신하지 않으면 나도 안나를 배신하지 않을 거야. 안나가 납치범이라는 건 우리 둘만 아는 비밀이야. 아무에게도 얘기 안 할게. 안나도 아무에게도 내 이야기를 하면 안 돼."

그리고 소년은 다시 안나를 꼭 끌어안았다. 안나의 팔에 오스스 소름이 돋아 있어서 소년은 손바닥으로 그것을 가만히 쓸어보았다. 자신의 말이 이렇게 안나의 몸을 변화시킨다는 게 재미있었다. 소름이란 참 재미있어. 소름이 끼쳤으면. 매일매일 소름이 끼쳤으면. 소년은 생각했다.

안나의 집에는 비디오카메라가 있었다. 소년은 심심할 때마다 그것으로 자신을 찍으며 놀았다. 소년은 한 번도 가져보지 못한 변신 로봇 대신 자신을 변신시키며 놀기 시작했다. 소년에게는 자기 자신이 가장 재미있는 장난감이었다. 가끔은 아예 다른 아이로 변신한 모습을 찍기도 했는데 그런 게 연기라고 했다. 다른 아이가 되는 건 재미있었다. 특히 선택받은 소년이 되는 게 좋았다. 축복을 받거나 저주를 받거나, 중요한 건 남과 다른 운명의 아이가 되는 거였다.

소년이 가장 좋아한 건 전쟁 통에 숨어 지내는 최후의 생존자 역할이었다. 맘에 안 드는 쓸모없는 인간들은 다 죽어버렸으면. 끝까지 살아남는 건 나 하나였으면. 소년은 절망에 빠진 폐허가 된 세상에 자신이 어느 날 혜성처럼 나타나 영웅이 되는 꿈을 꾸곤 했다. 연기를 하려면 대사가 필요했는데, 소년이 아는 가장 그럴듯한 대사는 국기에 대한 맹세였다. 소년은 마지막 생존자가 되어 국기에 대한 경례를 하는 자신의 모습을 반복해서 촬영했다.

여자아이가 죽은 후로는 카메라 앞에 설 때마다 마스크를 꼈다. 어차피 혼자 보기 위해 찍는 영상이었지만 왠지 자신의 얼굴을 온전히 노출하면 안 될 듯했다. 그러고 보니 마스크를 쓴 모습이 더 위험해 보이기도 했다. 바이러스가 퍼진 세상에 홀로 남은 생존자 느낌이 더욱 강해졌다. 만화 〈빛의 전사 마스크맨〉을 떠올리기도 했다. 소년은 자신이 진짜 영웅이 될 수 있을 것 같았다. 매일매일 하다 보니 그것이 진짜처럼 느껴지기도 했고, 연기 실력도 조금씩 늘어갔다. 거짓말을 진짜라고 믿는 것, 자기 자신마저 속이는 것. 그것이 연기의 기본이라고 소년은 안나를 보며 생각했다. 안나는 영화를 찍다 영화와 현실을 혼동해 진짜 미쳐버리지 않았는가. 안나는 정말 좋은 연기자였다.

소년은 가끔 카메라를 켜놓고 인터뷰하는 상황을 연출하기도 했다. 언젠가 유명한 사람이 되면 인터뷰를 하겠지. 미리 연습을 해놓는 것도 좋을 듯했다.

"아직도 기억해요. 친절한 부부를 잔인하게 죽인 끝에 간신히 품에 안게 된 두 번째 아이마저 자기 손으로 살해한 후, 벌거벗은 몸으로 피를 흠뻑 뒤집어쓴 채 스스로 트렁크에 들어가 문을 닫으며 흐느끼던 안나의 슬픈 비명을. 그 영화를 처음 봤을 때 저는 고작 여덟 살이었어요. 어린 제게 그토록 잔인한 영화를 보여준 건 왜였을까요. 어쩌면 그건 안나가 저의 공포심을 이용해 저를 통제하려던 방법이었는지도 몰라요. 나치가 국민을 통제하기 위한 선전 선동의 매체로 영화를 이용했던 것처럼 말이죠."

그렇게 인터뷰한 영상은 그대로 소년이 쓰는 소설의 대사가 되었다. 소년은 얼마 전부터 〈벽장 속의 소년〉이라는 소설을 쓰기 시작했는데 자신이 쓴 문장을 카메라 앞에서 읽어보는 걸 좋아했다. 가끔은 소설 속 주인공이 되어 배우처럼 대사를 읊기도 했다.

"저는 안나를 좋아했어요. 납치범에게 연민을 느낀다는 스톡홀름 증후군이었는지도 모르죠. 이유야 뭐가 됐든 저는 그 생활이 좋았어요. 전쟁이 계속되었으면 좋겠다고 생각하기도 했죠. 그리고 감독관 따위는 오지 않았으면 좋겠다고도 생각했어요. 내가 빨리 어른이 되어 내 힘으로 안나를 지켜줘야겠다고 결심했죠. 감독관이 단순히 식량과 보급품 전달만을 위해서 방문하는 게 아니라는 걸 곧 알게 되었으니까요. 안나는 그를 감독님이라고 불렀어요. 그는 한번 오면 방문을 닫고 들어가 몇 시간씩 안나와 대화를 나눴어요. 그가 가져온 약을 먹으면 안나는 순한 양처럼 잠이 들었죠. 안나는 처음 제가 안가에 들어갔을 때부터 하루 두 번 처방받은 정신과 약을 먹었는데 약에 대한 의존도가 점점 높아지는 것 같았어요. 그럴수록 감독관에 대한 의존도도 높아졌고요. 저는 눈치채고 말았어요. 그가 약물로 안나를 통제하고 있다는걸. 그 역시 안나를 소유하고자 한다는걸. 그래서 저는 안나 몰래 약을 바꿔치기 하기 시작했어요."

이런 대사를 사실인 양 뱉을 때면 왠지 입안에서 알싸

한 계피 향이 감도는 것 같았다. 그러는 동안 소년은 열일곱이 되었고 지나온 10년처럼 앞으로 10년쯤 더 안나와 둘이 이렇게 살아도 좋겠다고 생각했다. 그러나 좋은 것은 끝나기 마련이었다.

전조는 없었다. 안나가 자던 중에 갑자기 옷을 벗고 거실을 배회한다거나 가끔 정신이 말짱해질 때면 자신의 행적을 깨닫고는 수치심에 자해를 한다거나 그 때문에 소년이 칼이나 가위 같은 위험한 도구들을 모두 안나의 손이 닿지 않는 벽장 안쪽에 깊이 숨겨두어야 했던 일들은 있었지만, 안나의 돌연사는 일련의 징후와는 무관한 불운한 사고였을 뿐이었다.

1993년 가을. 소년은 갑자기 뚝 떨어진 기온 탓에 추위에 떨며 눈을 떴지만 그 외엔 별다를 게 없는 평범한 아침이었다. 추워서인지 따뜻한 수프가 먹고 싶었다. 소년은 거실에 나와 텔레비전을 켜며 소리쳤다.

"안나, 수프가 먹고 싶어."

대답이 없었다. 또 늦잠을 자는 건가. 안나는 갈수록 게을러졌다. 그것도 약을 끊어 나타난 증상 중 하나인 걸까. 그렇다면 다시 약을 조금씩 먹이는 게 나을지도 몰랐다.

"안나, 수프가 먹고 싶다니까."

목소리를 더 높였지만 안나의 방에서는 아무런 기척도 없었다. 할 수 없이 소년은 안나의 방으로 갔다. 문이 잠겨 있었다. 도대체 왜 자꾸 잠그는 거지. 어차피 내가 금방 열 수 있다는 걸 알면서. 소년은 열쇠로 문을 열고 들어갔다. 방에 안나는 없었다. 대신 침대 기둥에 묶어둔 밧줄이 욕실로 길게 이어졌다. 욕실 문은 반쯤 열려 있었다.

"안나."

소년이 욕실 쪽을 향해 안나를 불렀다. 대답이 없었다. 물소리도 들리지 않았다. 왠지 불길한 기운이 느껴졌다.

"안나, 대답을 해. 안나, 나 무섭단 말이야."

소년은 조심스레 다시 안나의 이름을 부르며 욕실로 다가갔다. 소년이 욕실 문을 열자 쿵, 무언가가 부딪쳤다. 욕실 문에 박힌 못에 밧줄을 걸고 죽어 있는 안나였다.

그러고 보니 잠결에 신음 소리를 들은 것도 같았는데……. 머리를 긁적이며 소년은 안나의 죽은 얼굴을 가만히 바라보았다. 이제 안나의 얼굴을 떠올리면 파랗게 질린 지금의 모습만 생각날 터였다. 안나의 얼굴을 이렇게 기억하고 싶지는 않았다. 소년은 뜨거운 물을 틀어 안나의 파랗게 질린 얼굴 위로 마구 뿌리기 시작했다. 뜨거운 김이 올라왔으나 붉은 혈색이 돌아오지는 않았다. 소름이 돋았다.

오랜만에 돋는 소름이었다.

"이것 봐 안나. 안나만이 내게 이런 소름을 돋게 한다니까."

뇌까리며 소년은 울었다. 소년은 안나가 죽기를 바란 적이 없었다. 치욕스럽게, 부끄럽고 무력하게, 오랫동안 자기 곁에 있어주길 바랐다. 그러나 안나는 소년을 배신했다. 죽어버리다니, 이것보다 더 큰 배신이 어디 있단 말인가. 소년은 안나에게 배신감을 느꼈고 이제는 자신이 안나를 배신할 차례라고 생각했다. 안나가 납치범이라는 비밀은 이제 비밀이 아니었다. 소년의 말에 반박할 사람이 아무도 없었다. 안나는 죽었고, 진실을 새로 만들어가는 일은 이제 소년 혼자 해내야 할 과제였다.

감독관이 방문하기까지는 한 달여의 시간이 남아 있었다. 이제 어떻게 해야 하나. 안나의 죽음 앞에서 소년은 새삼 입구도, 출구도 없는 벽장에 갇힌 기분이 들었다. 스무 살도 안 된 자신이 당장 살아남기 위해 할 수 있는 일이란 많지 않았다. 정규 교육도 받지 못한 자신이 이런저런 일을 하며 생계를 꾸려나간다 한들 평생 밑바닥을 전전하다 끝장나리란 사실은 변함없어 보였다.

안나의 죽음이 슬프거나 무서워서가 아니라 자신이 불

쌍해서 소년은 조금 더 울었다. 자신이 새삼 저주받은 아이라는 생각이 들었다. 죽은 안나의 몸을 깨끗이 씻기고 새 옷을 입혀 침대에 눕혀주었다. 그러고 나니 더 이상 무서울 것도 없었다. 이 모든 게 현실이라는 걸 믿을 수 없었다. 마치 잠자는 숲속의 공주 같잖아. 안나를 보며 소년은 생각했다. 잠자는 공주는 왕자의 키스를 받으면 잠에서 깨어나지. 소년이 안나의 차가운 입술에 키스했다. 그러나 안나는 깨어나지 않았다. 그래, 이야기 속에는 언제나 저주를 푸는 마법이 있었다. 소년은 생각했다. 저주는 풀면 된다. 그러니까 나도 저주를 푸는 마법 하나만 발견하면 되는 것이다.

죽은 안나 옆에서 소년은 안가에서 자신이 썼던 일기와 촬영한 필름을 정리했다. 없앨 건 없애고 남길 건 남겼다. 그리고 감독관이 오면 보여줄 시나리오를 썼다. 배우 안나와 감독관, 전쟁이 난 줄 알고 몇 시간 동안 지하실에 숨어 있게 만들었던 1983년의 사이렌 소리, 언젠가 근배에게 들었던 전쟁 이야기, 좋아하는 만화 〈천년여왕〉과 〈빛의 전사 마스크맨〉, 매일 책을 읽고 썼던 내일의 가상 일기, 안나를 위해 얼마 전부터 쓰기 시작한 영화 시나리오, 그런 것들을 모아 퍼즐처럼 맞추다 보면 저주를 푸는 마법의 이야기를 발견할 수 있을지도 모른다고 소년은 생각했다. 소넌은 책상에 앉아 노트를 펼치고는 내일의 일기의 첫 문장을 적었다.

오늘, 안나가 죽었다. 어쩌면 어제.

6장

열린 페이지:

방 탈출 레벨 업 가이드

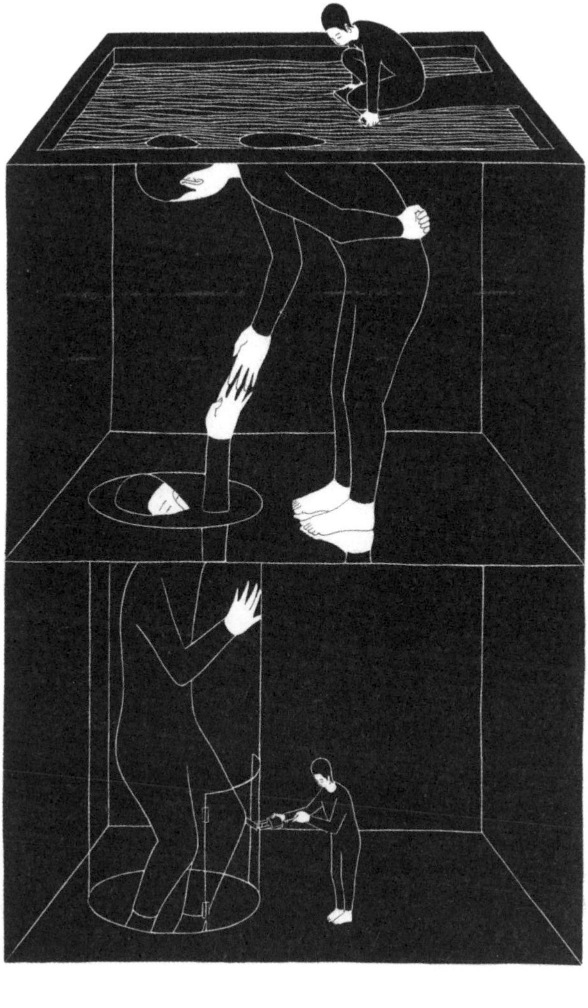

조기준이 품은 이야기의 뒷면은 내가 생각했던 것보다 더 역했다. 타인의 어둠을 들여다보는 일은 검은 파도가 일렁이는 바다 위에서 난파선을 타고 흔들리는 것 같은 멀미와 방향 상실을 불러일으킨다. 그에게는 얼마나 많은 검은 페이지가 있는 걸까.

그가 내게 대여해준《휴먼북 조기준》은 우식이 본 것과는 달랐다. 휴먼북의 특성상 읽는 사람에 따라 이야기가 재창조되는 것은 당연했다. 그러나 그는 많은 것을 잘못 알고 있었다.

나는 그 사건 때문에 파양된 게 아니었다. 아니 그 일이 계기가 되긴 했다. 나는 그날 비밀기지에 갔다가 막 도망가는 남자아이의 뒷모습과 물에 빠진 여자아이를 보았고, 마을로 달려가 어른들을 불러왔다. 그러니까 나는 사고의 뒤

늦은 목격자였다. 어른들이 여자아이를 구하도록 신고한 것도 나였다. 하지만 내가 여자아이가 물에 빠졌을 때 그곳에 있던 유일한 아이란 이유로, 내가 말한 남자아이를 마을에서 찾을 수 없다는 이유로, 나는 여자아이를 물에 빠뜨린 당사자로 의심을 받았다.

여자아이는 바로 서울의 병원으로 갔고 다행히 회복했다는 소식이 들려왔다. 그러나 쏟아진 비난, 한번 생겨난 나에 대한 마을 사람들의 의심 어린 시선은 사라지지 않았다. 외부인, 보육원에서 입양된 아이, 사이비 종교에 빠진 엄마와 폐쇄적인 공동체에서 생활했던 아이. 그 모든 것이 내게 나쁜 아이란 낙인을 찍기에 충분한 증거가 되어주었다. 내 착한 양부모는 그 소문을 믿지 않았다. 내 말을 믿고자 했다. 그럼에도 믿고 싶은 마음이 클수록, 의혹을 강하게 부정할수록, 나에 대한 불신이 커지는 것을 나는 보았다. 믿어주지 않는다는 생각에 나는 조금씩 비뚤어지기 시작했고, 그들은 힘들어했고, 내게서 동생을 보호하기 위해 노력했고, 내가 결코 대체할 수 없는 죽은 아들을 더 애타게 그리워했고, 결국 나를 포기했다. 그렇게 나는 사건 이후 1년 만에 파양되었다.

사건의 가해자가 나라는 오해가 발단이 되기는 했지만

그건 조기준의 잘못만은 아니었다. 어른들은 나를 오해할 준비가 되어 있었고, 나는 그들의 오해를 악다구니로 맞서서 진실로 만드는 방식으로밖에는 버티는 법을 알지 못했다. 그뿐이었다.

불행한 환경에서 자란 아이들이 스스로에게 가혹해지는 경우를, 자신에겐 작은 행복조차 누릴 자격이 없다고 믿어 자꾸만 자신을 극단으로 내몰며 죄책감을 키우는 경우를 나는 자주 목격했다. 불행한 성장 과정의 비극은 행복 속에 있는 자신을 상상할 힘을 박탈당해 어떤 좋은 것도 누릴 자격이 없다고 믿게 되는 것이다. 조기준이 그랬고, 내가 그랬다. 그 시절 전쟁을 알리는 사이렌 소리는 그만을 관통한 것이 아니었다. 나에게도, 우리에게도, 그 사이렌 소리는 상처를 남겼다.

사실은. 조기준은 이런 말로 회상을 시작했다. 그러나 이야기 속에서 그의 기억은 자꾸 어긋났다. 처음 안나를 만난 시기도 나를 만난 시기도 내 기억과는 달랐고 알려진 사실과도 거리가 멀었다. 나의 진술에 따라 경찰이 안가에 찾아갔다고 해도, 그것은 실종된 소년을 찾으려던 것이지 여자아이의 죽음을 추궁하려던 건 아니었다. 조기준이 만약 진심으로 그렇게 기억한다면 그것은 안나의 거짓말에 그가 지금까지 지배당하고 있거나 혹은 자신이 만든 거짓에 여전히 갇혀 있다는 거였다. 자신을 최대한 나쁜 아이로 기억하고 상상하는 것, 그것이 자신이 저질렀다고 믿는 죄, 처벌받아 마땅하다고 믿는 죄에 대해 스스로 내리는 단죄인 것이다. 10년을 갇혀 있었던 어린아이에게 용서를 구하는 대신 그 아이를 벌 받아 마땅한 아이로 기억하는 것이 그 시절의 안나와 그 시절의 자신과 그 시절의 어른들과 화해하는 그만의 비겁한 방식이었는지도 몰랐다.

뒤늦게라도 여자아이의 죽음이 사실이 아니라는 걸 확인할 기회는 있었다. 안나가 죽은 후, 감독관에게라도 그 사건에 관해 물어볼 수 있었다. 그러나 그의 두려움이 그러지 못하게 했다. 두려움은 사람을 진실로부터 멀어지게 한다. 그 후 갑작스레 쏟아진 사람들의 관심, 위로, 언론의 주목과 후원금 사이에서 진실을 알아볼 용기를 내기란 더욱 쉽지 않았으리라는 걸 이제 나는 안다.

조기준은 안가에서 나왔을 때 고작 열일곱 살 소년이었다. 그리고 그는 아직도 자기 안의 소년, 일곱 살의 조기준, 여덟 살의 조기준, 아홉 살의 조기준, 그렇게 열일곱 살의 조기준까지 열한 명, 혹은 그보다 더 많은 서른 명, 마흔 명의 조기준 안에 갇혀 있다. 자꾸만 자신이 더 악한 존재임을 자처하는 그 소년들을 풀어주는 것, 그것은 내 안의 조기준을 풀어주는 일이기도 했다.

내가 감독관을 통해 알게 된 또 다른 이야기는 이것이다. 어린 조기준은 방치되었다. 부모로부터 외면당했고 그가 구원자로 여긴 안나 역시 조기준을 보호하지 못했다. 정신적으로 쇠약해져 요양 중이던 안나는 단지 자신의 외로움을 나눌 상대로, 자신이 만들어낸 공포와 전쟁 중인 세계로부터 함께 대피할 피해자로 조기준을 선택하고 이용했다. 안나도 피해자였지만 동시에 가해자였음은 부인할 수 없다.

그러나 안나는 안나의 방식대로 조기준을 사랑했다. 이기적이고 비뚤어진 사랑이었으나 자신의 죽음 앞에서 조기준의 미래를 걱정했다. 그래서 죽기 전 조기준을 위한 시나리오를 만들었다. 아무 교육도 받지 못하고, 생존을 위한 기술도 없고, 도와줄 가족도 없는 조기준이 살아가기 위해서는 사회의 도움이 필요했다. 사람들의 측은지심을 자극해 충분한 후원을 끌어낼 수 있는 비극적인 서사를 조기준에게 입혀주기로 한 것이다. 안나의 죽음 이후 감독관은 안나의 노트를 발견했고, 그것을 토대로 조기준의 비극을 완성했다. 조기준은 이미 불행한 아이였으나 좀 더 독창적인 시대의 비극을 품게 됨으로써 안가 밖의 세상에 안전하게 연착할 수 있게 되었다.

그러나 그렇게 만들어진 이야기는 조기준을 지금까지 그 안에 가두고 말았다. 그는 자신을 더 나쁘게 상상하는 일을, 그때의 자신을 세상에서 격리시켜야 마땅한 악의 존재로 상상하는 일을 멈출 수가 없었다. 그는 너무 일찍 만들어진 자신의 괴담에 갇혀 책을 덮어도 이야기는 끝나지 않는다는 걸, 이야기는 얼마든지 다시 쓰일 수 있다는 걸 자꾸 잊었다. 조기준이 1983년의 안전 가옥을 테마로 한 방탈출 카페를 시작한 것도 그런 이유에서인지 몰랐다. 누구라도 자신에게 그 방을 벗어나는 법을 알려주기를 기다리고 있는 것이다.

나는《휴먼북 조기준》의 열람을 끝낸 후 이런 감상평을 남겼다.

방 탈출 필승 공략법: 일단 나가고 싶다고 생각한다. **...더 보기**

*

언젠가 '벙커 1983'에 갔다가 여섯 시간 만에 탈출한 우식이 나중에 웃으면서 한 이야기도 그런 것이었다.

“어둠 속에 오래 있었어요. 마침내 나가고 싶다는 생각이 들 때까지. 저는 일어나 벽을 더듬었습니다. 스위치가 있더군요. 그걸 켜니 일순간에 어둠이 물러나고 모든 게 환하게 드러났어요. 그렇게 눈에 띈 인터폰을 누르고 그만 나가고 싶다고 말했습니다. 답은 없었어요. 문도 열리지 않더군요. 저는 한참 기다렸어요. 그러고는 깨달았죠. 저는 누가 밖에서 열어주기만을 기다리고 있었던 거예요. 손잡이를 잡고 문을 열려고 해보지도 않고. 저는 진짜 나가고 싶은지 저에게 다시 물었고, 간절함을 확인한 후 손잡이를 잡고 가운데 버튼을 누르며 돌렸어요. 문이 열리더군요. 아주 간단히. 저는 그 방을 탈출했습니다. 저의 방 탈출 게임의 비결은 그게 전부였어요.”

그날 ‘벙커 1983’에 갇힌 우식은 눈앞의 상황이 안내 방송대로 진짜 폐쇄 조치가 내려진 건지, 아니면 단순히 방 탈출 게임의 시작을 알리는 연출인지 알지 못했다. 그러나 답답한 격리 상황에 적응하기 위해서든 게임을 시작하기 위해서든 무엇이든 하긴 해야 했다. 무엇을 해야 할까. 멍하니 1983년의 사건 사고 뉴스가 송출되는 텔레비전 화면을 보다가 우식은 채널 버튼을 돌려보았다. 그러자 화면에 익숙한 장소가 나타났다. 이 방의 풍경이 그대로 송출되고 있었다. 혹시 지금 이곳의 감시 모니터와 실시간으로 연동되는 건가 싶어 화면 속에서 자신의 모습을 찾는데, 갑자기 왼편에서 마스크를 쓴 소년이 등장했다.

"지금부터 퀴즈 쇼를 시작하겠습니다."

소년은 갑작스레 퀴즈 쇼의 시작을 알렸다. 뭐지? 문제를 풀면 방에서 탈출할 수 있는 건가. 이렇게 갑작스럽게 게임이 시작될 줄 몰랐던 우식은 잠시 당황했으나 곧 텔레비전 앞에 바투 앉아 소년이 내는 문제에 집중했다.

"난파된 배에 일곱 명의 사람이 타고 있어요."

소년이 보드에 그림을 그리며 이어 말했다.

"한 명은 배의 선장이에요. 그리고 70대 노인과 10대 국가 대표 수영 선수, 40대 외과 의사와 20대 전과자, 임신 7개월 차인 30대와 그의 일곱 살짜리 딸, 이렇게 모두 일곱 명이에요. 구명보트에는 단 여섯 명만 탈 수 있어요. 누구를 난파선 위에 남겨두어야 할까요?"

익숙한 난파선 게임이었다. 이내 화면의 오른쪽 상단에서 초시계가 작동했다. 시간은 1분. 누구를 남겨야 할까 생각하는 동안 60초의 시간이 흘러 숫자는 0이 되었다. 우식은 답을 말하지 못했다. 정해진 시간 내에 정답을 말하지 못하면 벽이 좁아진다거나 출입문 셔터가 내려온다거나 하는 페널티가 있나 했는데 그건 아닌 모양이었다. 걱정할 새도 없이 바로 두 번째 문제가 이어졌다. 트롤리의 딜레마라고 불리는 유명한 전차 문제였다.

"당신은 전차 기관사예요. 지금 전차는 시속 100킬로미터가 넘는 속력으로 질주하고 있고요. 그런데 저 앞에 다섯 명의 인부가 철로에 서 있는 거예요. 속도가 너무 빨라 브레이크를 잡아도 칠 수 밖에 없어요. 대신 오른쪽에는 비상 철로가 있는데, 그곳에는 인부 한 명이 작업을 하고 있어요. 결정하는 데는 0.01초의 시간밖에 주어지지 않아요. 하나, 둘, 셋 하면 둘 중 하나로는 무조건 결정을 내려야 해요. 방향을 틀 건가요, 그대로 둘 건가요? 하나, 둘, 셋."

소년은 막무가내로 숫자를 셌고 우식은 이번에도 대답을 할 수 없었다. 한동안 침묵이 이어졌다. 소년은 이어서 또 질문을 던졌다.

"이번에 당신은 폭주하는 전차를 다리 위에서 내려다보고 있어요. 전차는 다섯 명의 인부를 향해서 전속력으로 달려가고 있죠. 그런 당신 옆에서 엄청나게 덩치가 큰 한 사람이 이 광경을 지켜보고 있어요. 당신은 떨어져도 전차를 세울 수 없지만 덩치 큰 사람은 그 중량으로 전차를 세울 수 있어요. 만약 당신이 그 사람을 밀쳐 전차가 들어오는 철로로 추락시키면 다섯 인부의 목숨을 구할 수 있어요. 셋을 세는 동안 밀지 않으면 덩치 큰 사람은 다리를 건너가 버릴 거예요. 그러니까 빨리 결정해야 해요. 하나, 둘, 셋."

이것 역시 트롤리의 문제였는데 앞의 질문들과 다른 점이 있다면 누군가의 생명을 해하는 데 실질적으로 자신의 손을 더럽혀야 한다는 것이었다.

소년은 대답을 기다리지 않고 또 다른 질문을 이어갔다.

"아니면 세 명의 환자가 있어요. 한 명은 폐, 한명은 간, 한 명은 심장 이식을 기다리고 있어요. 그때 응급실에 새로운 환자가 한 명 와요. 그가 살 확률은 높지 않지만 그가 죽을 때까지 기다리다가는 장기이식을 원하는 세 명의 환자가 죽을 수도 있어요. 그러다가 그 환자가 살아날 수도 있지만요. 살아난다고 해도 이전 모습으로 살기는 힘들 수도 있어요. 마지막 응급 환자 한 명을 즉시 죽이면 다른 세 명의 환자는 살릴 수 있고요. 이럴 땐 어떻게 할 건가요?"

소년의 질문은 영영 끝나지 않을 것 같았다.

"당신은 방 탈출 카페에 갔다가 강력한 바이러스에 감염되어 격리되었어요. 일주일 내에 사망에 이르는 바이러스예요. 당신과 접촉한 다섯 명의 사람이 모두 감염되었어요. 직원 두 명과 방문객 세 명. 다섯 명의 신상 정보는 그 이상 밝혀지지 않았어요. 하지만 당신에게는 두 개의 약이 있어요. 한 사람이 두 개를 다 먹으면 완전히 나을 수 있어요. 두 사람이 하나씩 나눠 먹으면 죽지는 않지만 각각 후유증에 시달려요. 후유증이 어느 정도인지는 아직 알려지지 않았어요. 그런데 당신이 그 약을 먹지 않으면 또한 두 개의 약을 더 구할 수 있어요. 또 몇 개의 경우의 수가 더 생기는데……."

정답이 있긴 한 걸까 의심스러운 상황에서도 소년은 질문하기를 멈추지 않았다. 질문들 속에서 우식은 문득 깨달았다. 그 하나하나가 방 탈출을 위한 정답이 정해져 있는 관문일지라도 자신은 영원히 아무런 답을 하지 못하리라는 것을. 비록 게임일지라도 자신의 선택이 한 사람의 생명을 해친다면, 자신이 영원히 이곳에 머물게 되더라도 그 어떤 것도 선택하고 싶지 않다고.

우식은 또 알게 되었다. 소년의 질문이 끝나지 않는 건 자신이 그 채널을 계속 틀어놨기 때문이라는 것을. 반복되는 질문들을 피해 우식은 텔레비전을 껐다. 그리고 어둠 속에 아주 오래 앉아 있었다. 난파선 위에 혼자 남은 승객이 된 기분이었다. 자신이 이 어둠에 머무는 것만으로 저 밖의 누군가가 살 수 있는지도 몰랐다. 우식은 이 방에서 나가기를 포기한 것이 아니었다. 이곳에 있기로 선택한 거였다. 자신이 이곳에 남음으로써 아무도 죽지 않게 되었다고 생각하자 자신이 살린 한 명 한 명의 온기가 방 안을 따뜻하게 감싸주는 느낌이 들었다. 질문과 선택과 책임이 사라진 세계는 무균실처럼 안전하고 평화로웠다. 영영 이 어둠 속에 머물며 어둠의 일부가 되어도 좋을 것 같았다. 다시 저 밖에 나가면, 다시 질문이 시작되면, 나쁜 선택을 하게 될까 두려웠다. 그러나 나쁜 선택을 피하기 위해 망설이며 아무것도 하지 않는 사이에 구할 수 있었던 단 하나의 목숨도 구하지 못하게 된다면. 그렇게 된다면. 마침내 우식은 자신이 진짜 도와주어야 할 저 밖의 한 사람, 어린 학생을 떠올렸다.

"처음에는 편안했어요. 얼마든지 그 어둠 속에, 그 방에 머물고 싶었어요. 그런데 제가 해야 할 일이 생각나더라고요. 어제 의뢰를 받았거든요. 어린 학생이었는데, 그 친구의 영상이 각종 커뮤니티에 퍼졌다고 했어요. 그걸 지워야 했어요. 빨리 나가서 그걸 전부 지워줘야 했어요. 그 생각을 하자 어둠 속에 더 머무를 수가 없더군요. 웃기지만 이 어둠은 단지 게임 속 허상일 뿐이고, 내게는 아직 지워야 할 바깥의 진짜 어둠이 많다, 뭐 그런 생각들이 어둠 속에서 하나씩 떠오르더란 말이죠."

그렇게 우식은 일어나 벽을 더듬어 스위치를 켰고, 그 방에서 벗어났다.

방 탈출 필승 공략법: 일단 나가고 싶다고 생각한다.

어둠의 방은 많다. 그 방에서 탈출한다고 해도 우리는 언제든 또 다른 어둠의 방으로 스스로 들어가게 된다. 그러나 방이 있다면 그곳엔 문이 있다. 방에는 어디에나 스위치가 있고 우리는 그 스위치를 찾아 누를 힘이 있다. 물론 혼자의 힘만으로는 절대 빠져나올 수 없는 방도 있다. 그래서 우리는 공략법을 찾아본다. 앞서 방을 탈출한 사람들의 이야기를 듣고, 안내를 따르고, 탈출법과 지도를 참고한다. 나는 그것이 그가 탈출을 꿈꾸는 사람들을 위해 세상에 방 하나를 만든 이유라고 믿는다. 조기준은 어둠 속에 아주 오래 머물렀던 사람이기에 방을 탈출하는 법 또한 누구보다 잘 찾아낼 것이다. 그가 곧 자신만의 방 탈출 매뉴얼을 찾아내어 모두와 공유할 것을 나는 믿는다.

어쩌면 우리는 자가 격리 할 방이 필요한 저 밖의 사람들을 위해 더 많은 방을 만들고, 마침내 자신의 힘으로 그 방을 탈출할 수 있도록 질문을 던지고, 풀이 방법을 공유하는 일을 함께할 수도 있을 것이다. 일종의 워크숍 같은 것을.

*

하루는 우식이 사무실로 사과 한 박스가 배송되었다며 검은 비닐봉지에 그것을 한가득 담아 나를 만나러 왔다. 흠집이 나서 판매하기에는 상품성이 다소 떨어지는 사과였지만 맛은 좋았다. 우리는 마태공이 보내준 사과를 안주 삼아 술을 마시며 새로 올라온 그의 영상을 보았다. 그는 지금 사과 농장에서 사과 따는 일을 하고 있다고 했다. 사과를 따며 마태공이 말했다.

"아침에 눈을 뜨면 그럼에도 불구하고, 로 시작하는 문장을 열 개쯤 만들었어요. 그럼에도 불구하고, 일어나야 해. 그럼에도 불구하고, 밥을 먹어야 해. 그럼에도 불구하고, 씻어야 해. 그럼에도 불구하고, 양치를 하고 양말을 신고 머리를 빗고. 그럼에도 불구하고, 일하러 나가야 해. 그럼에도 불구하고. 매일 그렇게 그럼에도 불구하고 하루하루 버티며 살아가는 데 지쳤죠. 육신의 젊음은 육신의 노화로 갚아 나가는 거라고 하더군요. 어차피 빚을 갚기 위해 사는 삶이라면 그냥 육신의 죽음으로 한 번에 갚고 이 빚의 굴레에서 그만 벗어나고 싶기도 했죠. 그럼에도 불구하고, 내일은 오늘과 다를 거라고 자신을 속이며 사는 데 지쳤었거든요. 그냥 그대로 죽으려고 했습니다. 그런데 그럼에도 불구하고, 죽을 수 없었어요. 제가 잘못한 사람들이 너무 많았거든요. 그들에게 사과는 하고 죽어야 한다고 생각했어요. 그래서 한 사람 한 사람씩 만나 사과를 했습니다. 용서를 구하려는 건 아니었으나 저의 사과가 또 다른 상처가 된다는 것도 몰랐습니다. 그래요. 사람들이 하는 말을 저는 압니다. 이런 사과가 어떤 죄도 없애지 못한다는 것을 압니다. 누군가에게는 더 상처가 되는 일이라는 것도 알게 됐습니다. 그럼에도 불구하고, 할 수밖에 없는 일이 있습니다. 저는 그럼에도 불구하고, 사과를 멈출 수가 없습니다. 그럼에도 불구하고, 저는 오늘 사과를 땁니다. 저의 사과가 언젠가는 누군가의 식탁에 올라가 건강한 하루를 위한 건강한 아침 식사가 되기를 바랍니다. 그럼에도 불구하고."

영상이 끝나자 우식이 말했다.

"언젠가 마태공 선배가 말한 적 있어요. 우리가 아무리 얼룩을 지워도 지운 자국은 남는다고. 결코 사라지지 않는다고. 그러니까 우리가 진짜 해야 하는 건 더 많은 얼룩을 만드는 일인지도 모른다고. 사과 한 알처럼 예쁜 얼룩을. 더러운 얼룩들 따위는 눈에 띄지 않을 정도로 아주 많은 예쁜 얼룩을 자꾸만 자꾸만. 하나의 커다란 예쁜 얼룩들 속에서도 작은 얼룩은 여전히 얼룩일 테지만 그러나 그것은 정말이지, 한 점의 아주 작은 얼룩일 순 있을 거라고."

그렇구나. 나는 고개를 끄덕였다. 그리고 우리는 다음에 만나면 패고 무른 사과들을 커다란 냄비에 잘라 넣고 정성껏 아주 오래 끓여서 맛있는 사과 잼을 만들기로 했다. 다 만들고 나면 나는 그것을 들고 '벙커 1983'에 갈 것이다. 내 어린 친구, 조기준을 만나러 갈 것이다.

이 페이지는 접어둘 것

나는 커다란 냄비에 사과를 잘라 넣고 설탕을 붓고 나무 주걱으로 저으며 부글부글 거품이 올라오는 것을 지켜본다. 그러다 문득 마태공은 과연 무죄인가, 라는 생각을 하게 된다. 밖에서 소심하고 좋은 사람이었다고 해서 집에서도 좋은 남편이고 좋은 아빠였으리라 판단하는 것은 웃기는 가정이다. 그가 심어놓은 루머는, 사실 루머가 아니라 루머로 가장한 자백이었을 수도 있다. 전국 사과 투어 같은 쇼를 하는 사람이라면 자신이 믿는 옳음을 위해 가족들에게 통제적이고 은밀한 폭력을 가했을 수도 있다. 스스로를 순교자의 입장에 놓는 것으로 가해는 지금도 계속되고 있는지도 모른다. 그런데 왜 우식과 나는 그의 혐의를 쉽게 벗겨주고 그에게 무죄를 선고하고 싶어 했을까. 조기준에게는 왜. 그가 직접 쓴 휴먼북의 이야기를 다만 나쁜 환경에 처했던 어린아이의 나쁜 상상이라 믿은 건 그럴 만한 뚜렷한 근거가 있어서라거나 내가 사람의 좋은 면만 보며 사람의 선함만을 믿어서가 아니다. 다만 모른 척하고 싶은 것이다. 내가 느끼게 될 부정적인 감정을 외면하고 싶은 것이다. 세상의 나쁜 것들에 파란 천을 덮어두고 모른 척함으로써 세상은 더 나빠지고, 그렇게 나빠진 세상 속에서만 내가 내쳐지지 않고 숨 쉬며 살아갈 수 있다는 것을 아는 것이다. 내가 세상으로부터 격리되지 않는 법, 그것은 접힌 페이지를 다시 펼치지 않고 내가 속한 세상을 점점 더 나쁘게 만드는 것이다. 모두가 바이러스에 감염되면 나 역시 바이러스를 안고도 죄의식 없이 거리를 활보할 수 있다.

나는 여전히 끓고 있는 사과 잼을 한입 맛본다. 델 것을 알면서 입에 넣는다. 아찔하게 뜨겁고 달다. 반성은 그렇게 짧고 뜨겁게 지나간다. 아마 나는 조기준을 만나러 가지 않을 것이다. 이 페이지는 접힌 채 다시 펼쳐지지 않을 것이다.

에필로그

찢긴 페이지:
다시, 벽장 속의 소년

"비밀기지 놀이는 위험이 따른다. 사소한 부주의가 큰 사고로 번져 자신은 물론 타인에게도 돌이킬 수 없는 피해를 줄 가능성이 있다. 그런 위험에 대해서는 늘 신경을 곤두세우자. 조금이라도 무섭거나 위험하다는 생각이 들면 무리하지 말자."

《비밀기지 만들기》라는 책의 한 구절을 읽다가 소년은 피식 웃음을 터뜨렸다. 글쎄, 진짜 그렇게 위험할 일이 있을까. 어차피 놀이인걸. 소년은 책을 내려놓고 주위를 둘러보았다. 어린이용 녹색 의자와 의자 위에 놓인 유니콘 인형 데비, 검은 가죽 소파와 정면의 태극기 액자까지. 《휴먼북 조기준》을 통해 상상한 안전 가옥의 거실이 그대로 재현되어 있었다. 물론 고개를 들면 천장의 드러난 골조와 긴 노끈에 매달린 전구 따위가 그곳이 진짜 집의 거실이 아닌 안가를 본떠 만든 방 탈출 카페에 불과하다는 걸 인식하게 해주었다.

저기쯤인가? 아니면 저기도? 소년은 천장이나 벽의 동그란 구멍마다 손을 흔들어보았다. 감시 카메라가 구석구석 설치되어 있다는 걸 알고 있었다. 그러나 모든 카메라가 동시에 작동하는지에 대한 확신은 없었다. 들어온 지 일주일이 되자 자신이 움직일 때마다 따라 움직이는 카메라가 친구처럼 느껴졌다. 〈블레어 위치〉처럼 다큐멘터리 기법을 사용한 영화나 넷플릭스에서 방영될 한국판 리얼 생존 관찰 예능을 찍는 기분이 들기도 했다.

얼마 전 우연히 《휴먼북 조기준》을 열람한 소년은 조기준이 겪은 격리 생활에 대해 비뚤어진 호기심과 동경을 품게 되었다. 10년 동안 아무것도 안 하고 안전한 집에 머물기만 했는데 10년 후 자신을 주인공으로 한 방송 프로그램이 제작되고 유명세도 얻고 후원금도 받고 그걸로 별 어려움 없이 방 탈출 카페도 차렸다니. 소년이 꿈꿀 수 있는 최선의 미래가 그곳에 있었다.

금수저나 은수저는 소년이 차마 탐낼 수도 없는 다른 세계였다. 자신에겐 개천에서 나는 용이 될 자신도 재능도 없었다. 그렇다면 가능한 건 '흙수저', 흙수저 중에서도 가장 불행한, 독특한 비극의 서사를 가진 흙수저가 되는 거였다. 그것은 노력으로 획득할 수 있는 미래였다. 10년을 그렇게 흙 속에서 뒹군다 해도 10년 후면 고작 스물일곱 살이었다. 앞선 10년의 시간으로 이후의 40년, 50년이 보장된다면야 못 할 것도 없었다. 그러니까 10년에 걸쳐 자신의 운명을 자신의 의지로 더 불행하게 만드는 것은 자신 있다는 이야기였다.

진짜 악은 평범함에 있었다. 좋은 쪽으로 뛰어날 수 없다면 나쁜 쪽으로라도 뛰어나야 살아갈 수 있었다. 소년은 그렇게 믿었다. 젊은 날의 10년과 그 후의 몇십 년을 거래할 수 있다면 안가에 살던 시절의 조기준의 삶을 자신의 것과 얼마든지 바꿀 수 있었다.

금방 종식될 줄 알았던 바이러스는 변이를 거듭하며 1년, 2년, 그 수명을 이어가고 있었다. 누구도 10년 후의 세상이 어떻게 될지 예측할 수 없었다. 그 불확실한 미래에도 불구하고 오늘 하루도 자신의 자리에서 성실히 일하는 사람들을 폄하할 생각은 없었다. 그러나 소년은 왜 그렇게 아등바등 살아야 하는지 알 수 없었다. 그렇게 애써 도달한 미래가 찬란하지도, 대단하지도 않으리라는 건 자명했다. 차라리 지금의 완전한 고립만이 더 나은 미래를 상상하게 해주었다.

비대면 수업이 끝나고 대면 수업이 시작되지만 않았어도 혼자만의 고립된 시간에 대한 열망은 사그라들었을지도 몰랐다. 학교는 소년에게 악몽의 재연이었다. 팬데믹으로 학교에 가지 않게 되었을 때, 소년은 마스크를 써도 답답하지 않았고 오히려 숨 쉬기가 편안했다. 그러다 자신을 괴롭히던 선배와 동급생들을 학교에서 다시 마주한 순간, 소년은 숨을 쉴 수가 없었다. 마스크가 자신을 옥죄는 것만 같았다. 차라리 바이러스에 감염되기를 바랐다. 소년은 확진자의 마스크나 자가 진단 키트를 판다는 이야기를 듣고 중고 거래 앱을 뒤지기도 했다. 확진되어 학교에 안 가게 되기를, 아니면 반 아이나 선생님이 확진되기를, 다시 한번 더 강한 변이 바이러스가 퍼져 모두가 집에 갇히기를 꿈꾸었다.

자신이 끔찍한 생각을 한다는 걸 소년도 알고 있었다. 자신의 머리에는 파라노이드 바이러스보다 더 끔찍한 것이 살고 있는지도 몰랐다. 그러니까 결국 자발적 실종과 격리를 선택한 건 자신을 위한 것이기도 했지만 타인을 위한 것이기도 했다. 내 안의 바이러스는 힘이 세다. 그리고 위험하다. 나보다는 타인을 위해 격리되는 것, 그것마저 조기준과 닮았다고, 소년은 자신의 선택을 애써 포장하며 생각했다.

누구보다 열심히 살아온 누나는 대학을 졸업하고 계약직 근무만 네 번째 하고 있었다. 중간에 한 곳은 계약 종료 후 정규직으로 전환해줄 것처럼 굴며 과도한 업무를 맡겼으나 끝은 결국 같았다. 하나의 계약직을 마치고 또 다른 계약직이 될 때마다 누나는 회전문을 도는 것 같다고 했다. 아무리 열심히 해도 더 나은 미래로 나아가거나 올라가는 것이 아니라 다만 들어갔을 때와 똑같은 문으로 나오게 될 뿐이라는 거였다.

그렇다고 일을 쉬면서 더 나은 일을 얻기 위해 시간을 투자할 여력도 누나에게는 없었다. 부모님이 운영하던 가게는 처음 바이러스가 퍼지고 확진자의 동선이 공개됐던 재작년에 확진자가 방문한 장소에 포함되면서 치명타를 입었다. 그 후 평소 매출을 회복하지 못한 채 겨우겨우 꾸려질 뿐이었다. 결국 실질적인 가장은 누나가 되었다. 모두가 힘들었고 모두가 자기 자리에서 애써 버티는 게 고작이었다.

그 상황에서 소년은 자기도 힘들다는 이야기를 할 수가 없었다. 학교에 가고 싶지 않다고, 학교에서 끝이 보이지 않는 치욕을 견디고 있다고 차마 말할 수 없었다. 그러나 말할 수 없다고 해서 힘들지 않은 건 아니었다. 무엇보다 힘든 건 자신에게 거는 가족들의 기대였다. 소년은 누구의 희망도 되고 싶지 않았다. 차라리 자기가 사라진다면, 가족들이 헛된 희망 따위는 품지 않게 될 터였다. 그렇게 사라질 10년, 그 시간이 지금의 자리에서 간신히 버티는 10년보다 더 나은 미래를 보장해줄 거라고 소년은 확신했다. 도망자의 변명이라 해도 할 수 없었다. 더 이상 현실에 맞서 싸울 힘도, 버틸 의지도 없었다. 그저 도망가고 싶었다. 혼자만의 안전한 곳, 비밀기지에서 아주 오래 그저 이 시간이 지나가기를, 그렇게 1년, 2년, 10년쯤 훌쩍 지나가 있기를 바라며 숨고 싶었다.

조기준에게 기나긴 메일을 보냈다. 격리시켜주지 않으면 자신이 아주 나쁜 꿈을 꾸고, 나쁜 꿈을 세상에 풀어놓고, 타인들을 감염시킬지도 모른다는 일종의 협박 메일이었다. 그러니 나를 비밀기지에 감금시켜주세요. 그렇게 부탁하면서도 답장은 기대하지 않았다. 그러나 소년은 메일로 '1983의 밤'에 초대한다는 초대장을 받았고, 그렇게 일주일 전 이 '벙커 1983'에 오게 됐다. 소년이 방에 들어서자 곧바로 문이 닫히며 스피커를 통해 이런 안내 음성이 흘러나왔다.

"'벙커 1983'에 방문한 고객의 확진 판정으로 신속 항원 검사를 진행한 결과 직원 두 명과 고객 네 명이 양성 판정을 받았습니다. 저희 '벙커 1983'은 방역 당국의 지침에 따라 즉시 시설을 폐쇄하고 격리에 들어갈 예정이오니 고객 여러분은 잠시 대기해주시기 바랍니다. 다시 한번 안내 말씀드립니다. 오늘 감염된 바이러스는 새로 유입된 강력하고 전파력 높은 3차 변종 바이러스로 철저한 격리가 요구되오니 고객 여러분은 자리를 이탈하지 마시고 별도의 요청이 있을 때까지 대기해주시기 바랍니다."

사실일까? 아니면 감금해달라는 요청을 이런 식으로 수락한 걸까? 알 수 없었으나 사실이라 해도 좋았다. 확인해보니 입장했던 출입문만 밖에서 잠겼을 뿐 다른 방으로 통하는 문은 열려 있었다. 격리된 다른 방문객들은 또 다른 층에 있는 건지 보이지 않았고 1인용 샤워실과 화장실, 그리고 격리 생활에 필요한 것들이 꼼꼼하게 구비되어 있었다. 대충 둘러봐도 세 달가량은 맘껏 먹어도 될 만큼 음식이 충분했고 주방 시설도 갖추어져 있었으며 책과 게임기, 블루레이 플레이어와 간단한 운동기구도 있었다. 텔레비전이나 컴퓨터, 휴대폰이나 라디오처럼 외부와 소통할 수 있는 물건이 없어서 확실히 답답하긴 했지만 그것만 견디면 괜찮은 시간을 보낼 수 있을 듯했다.

그날 밤 '벙커 1983' 전체가 감염되었으며 이곳에 방문한 사람들 역시 확진자와 동일한 격리 상태를 유지해야 한다는 안내 음성이 흘러나왔다. 이대로 격리가 시작된다니 오히려 좋다고 생각했다. 이곳에 온 순간 오래 머물고 싶다는 생각이 더 강해졌으나 걱정할 엄마 아빠를 생각하면 마음이 편하지 않았다. 하지만 어쩔 수 없는 자가 격리라면 정부나 보건소가 가족들에게 연락을 할 테고 그러면 그들에게 미안해하지 않아도 됐다. 아쉬운 건 다만 휴대폰이었지만 방역 지침을 따라야 한다는 사실에 마음을 금방 다잡을 수 있었다.

며칠은 괜찮았다. 그러나 슬슬 갑갑해졌다. 나가고 싶다는 생각이 들 즈음 새로운 안내 방송이 나왔다. 소년이 격리를 시작한 후 이 파괴적인 변이 바이러스가 더욱 확산되어 전국에서 매일 수십만 명 이상의 감염자가 나오고 있으며 이 바이러스는 치명률도 매우 높아 하루 사이에 사망자 수가 수만 명이나 발생했다는 내용이었다. 공포심이 들었다. 이 정도라면 그냥 이 안에 있는 게 무조건 더 나은 것 아닌가 싶었다. 그런데 이상했다.

이곳에 오래 있고 싶어야 마땅했지만 소년은 나가고 싶었다. 이렇게 위험한 상황에서 자신만 안전한 곳에 있고 싶지 않았다. 엄마와 아빠, 누나가 걱정됐다. 혼자 살아남고 싶지 않았다. 새삼 그들과 함께 있고 싶을 뿐이었다.

미래라니. 10년간 혼자 감금되어 그럴듯한 미래를 만들겠다니. 도대체 무슨 생각을 한 거람. 그 미래에서 떠올릴 수 있는 추억이란 게 위험한 바이러스의 세계에 엄마와 아빠를 두고 혼자 안전한 곳에서 홀로 살아남은 장면이라면, 그런 미래를 어떻게 더 나은 미래라 할 수 있을까.

이 안에 있으면서 깨달은 것도 있었다. 아주 의미 없는 시간은 아니었다. 소년은 고작 열일곱 살이었으나 미래를 바꾸기에는 이미 늦었다고 생각했다. 과거는 바꿀 수 없으니까, 지나온 시간은 바꿀 수 없으니까, 미래도 바꿀 수 없을 거라고 절망했다. 당초 소년이 떠올렸던 자발적 격리라는 극단적인 해결책은 이러한 좌절감의 결과였다. 그러나 기준점이 틀렸는지도 몰랐다. 오늘을 미래라고 생각해버리면 그만이었다. 오늘을 미래라고 생각하면, 미래를 바꾸는 건 쉬웠다. 오늘만 새롭게 살면 되는 거였다. 미래를 내일이 아니라 오늘이라고 생각하면 과거에 연연하지 않고 바로 미래를 바꿀 수 있었다. 이른 절망의 저주를 푸는 해법은 미래의 기준점을 조금 앞당기는 거였다. 너무 뻔한 이야기였으나 이상하게 저 바깥의 혼란 속에서는 이런 뻔한 생각이 떠오르지 않았다. 자신이 진짜 원하는 것을 들여다보기 위해서는 절대적으로 혼자인 시간이 필요한 건지도 몰랐다.

소년은 자신이 깨달은 사실을 빨리 밖에 나가 알려주고 싶었다. 어른들은 다 알고 있었던 걸까. 알면서 비밀로 했던 걸까. 어쨌든 자신은 자신의 힘으로 시간의 비밀을 발견한 거였다. 자신이 결코 바꿀 수 없으리라 생각했던 어제와 오늘, 그리고 내일, 과거와 현재와 미래, 그 시간의 틈을 발견한 것 같아서, 시간을 바꿀 비밀을 발견한 것 같아서 소년은 흥분했다. 시간의 비밀기지를 찾은 거였다. 그렇다면 더 이상 이런 비밀기지에서 10년을 머물 필요가 없었다.

"빨리 나가고 싶어요."

카메라를 향해 소년이 소리쳤다. 구조해달라는 듯 절박한 표정으로 손을 흔들기도 했다. 혹시 바로 답이 올까 하고 스피커에 귀를 기울였으나 아무 반응이 없었다. 카메라라고 생각한 게 혹시 카메라가 아니었다면? 괜한 불안감이 엄습했으나 그럴 리는 없었다. 폐쇄가 끝나고 격리가 해지되면 바로 나갈 수 있을 터였다.

빨리 나가서 새로운 오늘, 새로운 미래의 오늘을 시작하고 싶다고 생각하며 소년은 어젯밤 잠들기 전에 읽던 책을 마저 읽었다. 안톤 체호프의 단편소설 〈대학생〉이었는데, 마침 이런 문장에 밑줄이 그어져 있었다. 소년은 소리 내어 그 문장을 읽어보았다.

"지금 대학생은 추위에 몸을 움츠리고 이런 생각을 했다. 이 같은 찬바람이 류리끄 시대에도, 이반 뇌제 시대에도, 뾰뜨르 대제 시대에도 불었으며, 그때에도 지금처럼 모진 가난과 굶주림, 그리고 이렇게 해진 짚 지붕과 무지와 우수, 이런 황량함과 어둠과 압박감이 똑같이 있었을 것이다. 이런 모든 공포가 예전에도 있었고, 현재에도 있으며, 미래에도 있을 것이다. 그렇기 때문에 1천 년이 지나도 현실은 더 나아지지 않을 것이다. 이런 생각이 들자 그는 집으로 돌아가고 싶지 않았다."

이게 뭐람. 왠지 기분이 찜찜해졌다. 소년은 책 뒤쪽의 해설을 찾아 읽었다. 체호프는 1860년에 태어나 1904년에 죽은 지난 세기 사람이었다. 그렇다면 〈대학생〉은 쓰인 지 100년은 더 된 소설이었다. 그럴 리가. 100년 전에 쓰인 소설인데 어떻게 이렇게 현재성이 있는 거지? 소름이 끼친 소년은 책을 덮고 잠을 청했다. 자고 일어나면 새로운 미래인 오늘이 와 있으리라 생각하며 소년은 잠이 들었다.

*

꿈에서 소년은 모든 상점의 셔터가 내려져 있고 오가는 사람이 없는 텅 빈 거리에서, 흰 방역복을 입은 사람들이 무너져가는 한 건물에서 나와 그곳을 폐쇄하고 돌아가는 모습을 보았다. 건물에는 '붕괴된 미래 도서관'이라는 글자가 적혀 있었고 가판대 신문에 찍혀 있는 날짜는 20○7년이었다. 말도 안 돼. 이런 게 미래의 모습이라니. 소년은 악몽에서 깨어나야 한다고 소리쳤고, 꿈에서 깨어나 다시 악몽으로 떨어졌다.

*

잠에서 깨어난 소년은 녹색 책상에 앉아 어제 쓴 미래 일기를 소리 내어 다시 읽어보았다. 처음에는 하루 뒤, 이틀 뒤의 일기를 썼지만 재미가 없어서 1년 뒤, 10년 뒤의 일기까지 쓰다 보니 최근에는 소년의 일기뿐 아니라 마흔 살이 넘은 남자의 일기도 쓰게 되었다. 때로는 조기준의 일기를 썼고, 어떤 날엔 우식의 일기를, 또는 근배의 일기를 썼다. 그 세 개는 별반 다를 것도 없었다. 어떻게 살아왔건, 어떻게 살고 있건, 그저 근근이 죽어가는 게 최선인 인간들의 이야기였다. 탈모나 걱정하면서, 걱정해봐야 결코 나아질 리 없는 탈모의 저주를 감내하면서, 자신의 저주를 타인에게 옮기는 걸로 저주에서 벗어날 수 있으리라 한심하게 믿으면서 죽어갈 뿐인 중년의 사내들. 그래서 어떤 날엔 조기준과 근배가 동일인물이었다가, 어떤 날엔 다른 사람이 되었다. 소년은 안전 가옥 안에서 읽은 어떤 공포소설보다 자신의 일기가 더 무섭다고 생각했다. 어차피 이렇게 늙는 거라면 세상 밖으로 나가 미래를 오늘이라 생각하며 아등바등 살아야 할 이유가 없었다.

나도 언젠가는 나가긴 해야겠지. 하지만 정말 꼭 나가야 하는 걸까. 그냥 이대로, 이 안에서 공포소설이나 쓰면서, 공포는 이야기 속에나 존재한다고 믿으면서, 바이러스 같은 인간들이 살겠다고 발버둥 치다 제 풀에 지쳐 익사해가는 공포소설이나 쓰면서, 나는 그렇게 살지 않아도 된다는 이 축복에 감사하면서, 그저 영영 이 저주가 풀리지 않기를 바라면서 살면 안 되는 걸까. 저주받은 사람 중에 가장 축복받은. 소년은 이 말만은 오로지 자신을 위한 수식어로 남겨두고 싶었다.

사이렌이 울렸다. 소년은 노트를 덮고 일어나 오후 5시의 알람에 맞춰 국기에 대한 맹세를 외웠다.

“나는 자랑스러운 태극기 앞에 조국과 민족의 무궁한 영광을 위하여 몸과 마음을 바쳐 충성을 다할 것을 굳게 다짐합니다.”

왠지 웃음이 터지려는 걸 꾹 참은 소년은 국민 체조를 시작했다. 매일매일 팔과 다리에 근육이 붙는 게 느껴졌다. 소년은 자신이 변신하고 있다고 믿었다. 이러다 진짜 빛의 전사 마스크맨이 될 수 있을지도 몰랐다. 기분이 좋아진 소년은 몸을 움직이며 구령 대신 〈빛의 전사 마스크맨〉의 주제가를 흥얼거렸다.

“우리의 몸에는 아무도 볼 수 없는 힘이 있어요. 비밀을 갖고 있어요. 우리의 몸에는 태양 같은 에너지가 숨겨져 있어요. 찾아내는 사람 없어요. 찾으려는 사람도 만날 수 없어요. 그러나 우리가 간다. 합체 합체 올파워를. 우리의 에너지로 충전하자. 합체 합체 올파워를. 정의의 마음들로 함께 모으자. 우주의 괴물들은 이제 물러가. 올파워 전사 마스크맨. 올파워 전사 마스크맨.”

소년은 주제가를 부르다 보면 아무것도 모르던 일곱 살로 되돌아간 것 같았다. 영영 어른이 되지 않고 저주받은 아이인 채로 사는 것도 나쁘지 않을 것 같았다. 저주받은 아이인 채로 남아 있는 한, 저주가 풀리기만 하면 왕자나 영웅, 마스크맨 따위가 될지도 모른다는 희망을 간직할 수 있었다. 소년은 알고 있었다. 어떤 희망은 저주 안에 머물 때만 유효하다는 것을. 그리고 이런 비관과 절망이 자신을 바깥 세계를 위협하는 슈퍼 바이러스로 만든다는 것을. 소년은 팔과 다리를 쭉 뻗어 국민 체조를 마치며 흰 마스크 안에서 입을 활짝 벌리고 크게 웃기 시작했다.

- 61쪽에 나오는 소설의 문장은 조지 오웰의 《1984년》(박경서 옮김, 열린책들, 2009, 9쪽) 속 내용을 인용했습니다.
- 69쪽에 나오는 소설의 문장은 알베르 카뮈의 《이방인》(김예령 옮김, 열린책들, 2011, 13쪽) 속 내용을 인용했습니다.
- 92쪽부터 나오는 소름에 관한 소년의 대사는 그림 형제의 《그림 형제 동화전집》 속 〈'소름'을 찾아 나선 소년〉(김열규 옮김, 현대지성, 2015, 79쪽)의 문장을 인용했습니다.
- 221쪽에 나오는 책의 구절은 오가타 다카히로(일본기지학회)의 《비밀기지 만들기》(임윤정·한누리 옮김, 프로파간다, 2014, 245쪽)의 문장을 인용했습니다.
- 231쪽에 나오는 소설의 문장은 안톤 파블로비치 체호프의 《개를 데리고 다니는 부인》 속 〈대학생〉(오종우 옮김, 열린책들, 2009, 203쪽)의 내용을 인용했습니다.
- 234쪽에 나오는 주제가 가사는 다음을 참고했습니다. https://gasazip.com/61864.

우리가 격리되었을 때

이야기가 없었다면 나는 여전히 고립되어 있었을 것이다. 공백이 많은 이력서, 이룬 것도, 할 줄 아는 것도 없는 상태에서 세상 밖에 나와 다치고 깨질 용기도 없었던 나는 자주 스스로를 고립시켜왔다. 그 자발적 격리에서 벗어나 문턱을 넘는 것이 얼마나 힘든지 다 안다고 말할 수는 없지만. 그러나 나는 조금은 안다고 말할 수 있다. 정말로, 두 달 만에 집 밖을 나왔을 때, 계단을 올라가는 동작조차 힘들었던 경험이 내게도 있다. 그렇기 때문에 나는 끊임없이 고립에 대한, 돌봄에 대한, 어두운 방 하나를 열고 나오는 그 투쟁에 대한 이야기가 더 많아도 좋겠다고 생각한다. 지금까지 실패했으므로 앞으로도 실패할 인생밖에 남지 않았다는 체념과 좌절, 그것으로부터 조금씩 벗어날 수 있게 한 게 내게는 세상의 이야기를 읽고 쓰는 행위였기 때문이다.

고립된 방 안에서 어둠을 재료로 이야기를 만들어내는 힘에 대해, 어둠이 만들어내는 농담과 빛에 대해 아직 세상 밖으로 나오지 않은 더 많은 휴먼북의 이야기를 언젠가 들을 수 있기를 바란다. 여전히 격리된 많은 분이 자기 안에 이야기를 만들어낼 힘이 있다는 걸, 그것이 꼭 글을 쓰거나 소설을 쓰는 형태로 표현되지 않더라도 자신은 이야기를 이미 품고 있으며 그 이야기를 어디선가 누군가가 듣고자 귀를 기울이고 있다는 걸, 믿는 것부터 시작해주면 좋겠다.

이 이야기를 처음 쓴 것은 2015년 겨울이었다. 2년 전 공모전을 통해 한 편의 장편소설을 출간했지만 아무도 내게 다음 책을 기대하지 않았고, 나 역시 그랬다. 내가 계속 소설을 쓸 수 있는 사람인지 확신할 수 없었다. 그래서 썼다. 아무도 기다리지 않고 기대하지 않고 내가 무엇을 쓸 수 있는지 모르기 때문에 그냥 그때 쓸 수 있는 것을 썼다. 내면의 악에 대한 공포와 통제에 대한 열망, 그리고 스스로를 세상으로부터 격리시킨 채 영원히 어둠과 절망 속에서 평온에 이르고자 하는 욕망에 대해서. 세상 밖에 가짜 전쟁을 풀어놓는 것으로 비로소 얻는 평화가 뿜어내는 짓무른 악취와 오지 않은 미래에 대한 절망의 전염성에 대해서.

한동안 나는 이 소설을 세상 밖으로 내놓지 말아야 한다고 생각했다. 소설의 나쁜 상상과 비관, 기저에 깔린 혐오의 정서는 이미 세상에 팽배했기에 굳이 이야기를 통해서 더 많은 절망과 어둠을 풀어놓을 필요는 없다고 여겼다. 그러나 이 소설을 쓴 덕에 나는 방 밖으로 한 발씩 나와 느슨한 연대로 서로의 고독을 응원하는 이야기를 할 수 있었다. 그러니 일단 어둠을 재료로 만든 절망의 실타래라도 애써 두 손 모아 꽁꽁 뭉쳐둔 실체가 있다면, 그것을 풀어 다시 희망을 짜는 일은 조금 수월해지는지도 모르겠다. 어두운 방을 탈출하기 위해서는 우선 어둠이 눈에 익어야 하듯이.

그런 이야기다.

책을 읽다가 덮고 산책을 나가고 싶은 마음이 든다면 좋겠다. 집 주변을 걷고, 맛있는 냄새가 나는 빵집 앞에서 잠깐 멈춰 갓 구운 빵을 사고, 벤치에 앉아 따끈한 온기를 조금씩 뜯어 먹으며 바람에 흔들리는 나뭇잎들이 나를 향해 열린 다정한 귀 같다고 생각하면서, 오래 입을 열지 않아 다소 찐득한 침을 삼키며 선선한 바람이 참 좋다고 중얼거릴 수 있다면 좋겠다. 그것이 이 책을 가장 잘 읽는 방식일 테니까.

언제나 힘이 되는 가족들에게 특별한 감사를 전합니다. 이 책은 사이렌 소리를 듣고 엄마와 함께 지하실에 숨었던 1983년 그날의 기억으로부터 출발했어요. 섬세한 교정과 든든한 지지로 함께 책을 만들어주신 박지호 편집자님과 큰 힘이 되는 단단하고 따뜻한 응원의 추천사를 써주신 문지혁 작가님, 책이 나오기까지 도와주신 모든 분들께도 감사를 전합니다. 그리고 좋은 이야기를 만들어주시는 모든 분들과 이 책을 읽어주실 독자 분들께도 제 모든 감사를 전합니다. 감사 인사를 쓸 수 있어서 기뻐요. 계속 감사한 마음을 전할 수 있도록 진심을 다해 오래오래 쓰겠습니다.

2025년 가을

박지영